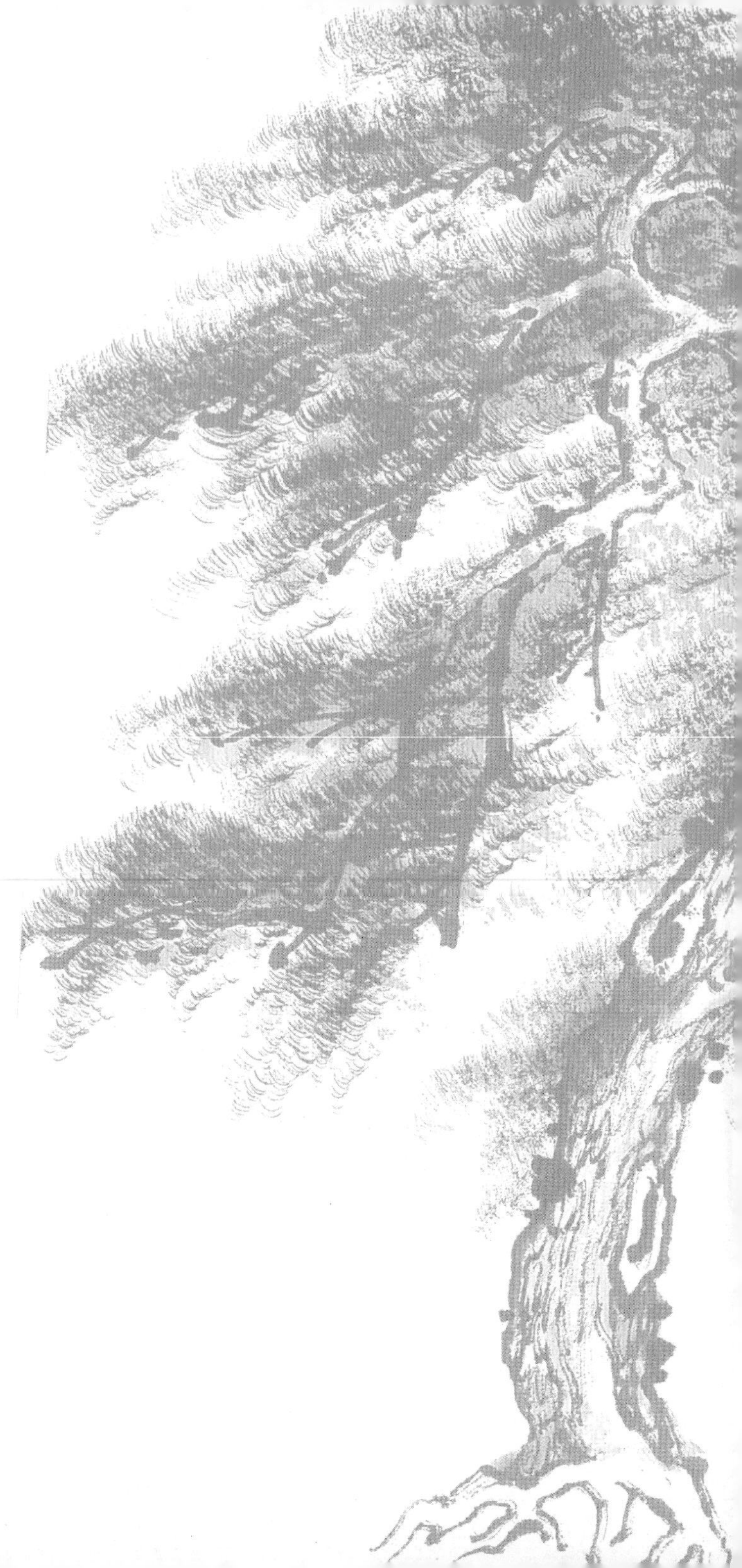

花間集

〔唐〕趙崇祚◎編著

前言

《花間集》是中國文學文上一部最早、規模最大的晚唐五代文人詞的總集，由後蜀貴族子弟趙崇祚選編，成書於後蜀廣政三年（九四〇年），共收錄了18位詞人的五百首詞作。這部詞集以古代貴族女性的生活和愛情為主要描寫內容，以娛樂遣興為創作目的，以詞藻工麗、篇章情美為其表現風格，是愛情詩詞中的精品。

詞產生於唐代，流行於中唐以後。最初的詞是為適應古代樂曲歌唱的需要而創作（即所謂倚聲填詞）。到了中晚唐，這種既適於歌唱，又具有獨立之藝術價值的詩體開始走向成熟，在音節和句型長短方面形成一套固定的格律。晚唐以後，詞不僅在格律上鑄煉成形，而且在情志的抒寫上達到相當的深度，出現了以專集問世的詞家。《花間集》便是這一時期詞作的代表。

花間詞人生活於晚唐五代。這期間，軍閥混戰，六十多年間（公元九〇七～九七四年），多次改朝換代，中原一帶廣大人民經常處在黑暗、動盪的生活中。然而，西蜀一帶，因群山峻嶺的阻隔，相對處於比較安定的狀態。身居這種偏安、繁華都市中的帝王、大臣及文人卻又普遍產生一種朝不保夕的危機感，於是便滋長了及時行樂的思維。他們這時將關注點從國家社稷轉向世俗生活，轉向繡房閨閣，轉向自己身邊的小天地和內心世界，轉向對美女與愛情生活的抒寫，於是便有了《花間集》中這些具有獨特之美感、精艷絕倫的詞作。

處於現代生活中的人，可以說已無緣聆聽古代曲子詞那精妙玲瓏的音韻與旋律了。然而，他們仍能從這部古代流行歌曲詞集——《花間集》中，感受到優美典雅、手法卓異之相思曲的動人魅力。相信那長短抑揚的音調，會如珠落玉盤般環繞我們耳邊，那優美的詞句，會使熱戀中的情侶產生不盡的遐思。我們深信，出版這部以雅俗共賞為目標的《花間集》注釋、簡析讀本，會幫助讀者加深對原作的理解，進一步提高自己的文學修養。

目錄

目錄

卷二・五十首

卷四・五十首

卷五・五十首

卷六・五十一首

卷七・五十首

卷八・五十首

目錄

卷九·四十九首

卷十・五十首

作者簡介

溫庭筠（約八一二～八六六年）名歧，字飛卿，排行十六。與李商隱、段成式共稱「三十六」。太原祁（今山西祁縣）人。相貌奇醜，人稱「溫鍾馗」。才思敏捷，放蕩不羈，性格倔傲，好譏刺權貴，被執政者厭惡。當時士大夫亦詆其「有才無行」、「士行塵雜」。因此屢次應試無名。宣宗大中十三年貶為隋縣尉，後再貶方城尉。僖宗咸通十年，為國子助教，故後人又稱「溫助教」。後流落而終。

皇甫松（約八五七年前後在世）字子奇，自號檀欒子。睦州新安（今浙江淳安）人。著名古文學家皇甫湜之子。工於詩詞，擅長文學，但終身未能登進士第。

韋莊（八三六～九一〇年）字端己。京兆杜陵（今陝西西安）人。唐宰相韋見素之孫。少孤，家貧力學，才思過人。為人疏放曠達，不拘小節。乾寧元年進士，授校書郎。天復三年，入蜀依王建，為掌書記，終身仕蜀。歷官後蜀散騎常侍、判中書門下事、吏部尚書等。卒謚文靖。工於詞，時人匹之於溫庭筠，稱「溫韋」。為花間派重要詞人，有《浣花集》傳世。

薛昭蘊 前蜀詞人。河東人。登進士第，在長安為官多年。曾因事貶官湖南一帶。入蜀，官至侍郎。

牛嶠　字松卿，一字延峰，隴西（今甘肅西部）人。唐宰相牛僧孺之孫。僖宗乾符元年進士，歷任拾遺，補尚書郎。王建立後蜀，牛嶠在後蜀任判官、給事中等職，故後人又稱他「牛給事」。牛嶠博學，有文才，詩學李賀，尤其以詞聞於世。原有《歌詩集》三卷，不傳。

張泌　字子澄。常州（今江蘇常州）人。曾擔任句容（今江蘇句容）尉。南唐後主任他為監察御史，歷任考功員外郎、中書舍人。南唐亡國，隨後主李煜降宋，遷為郎中。基本上屬於南唐詞人。傳說後主李煜死後，張泌每年寒食日都要去其墳上祭奠，哭得頗為傷心。由此可見，他對李後主的感情很深。

毛文錫　（約九一三年前後在世）　字平珪。南陽（今河南南陽）人。唐進士。後任後蜀翰林學士，升為內樞密使，加為文思殿大學士，拜為司徒。其後貶為茂州司馬。後蜀向後唐投降，毛文錫隨蜀帝王衍同入後唐，與歐陽炯等人以詞章任職於內庭。

牛希濟　牛嶠之侄，在後蜀曾任翰林學士、御史中丞等職。降後唐之後，明宗拜之為雍州節度副使。

歐陽炯　（八九六～九七一年）　益州（今四川成都）人。在後蜀任職中書舍人。據《宣和畫譜》載，他事孟昶時，歷任翰林學士、門下侍郎同平章事。隨孟昶降宋後，授散騎常侍。工詩文，特別長於詞，又善吹笛，是花間派重要作家。

和凝（八九八～九五五年） 字成績。鄆州須昌（今山東東平）人。自幼聰慧，十九歲中進士第。後任後唐翰林，官至中書侍郎、同中書門下平章事，加太子太傅，封魯國公。凝獎勵後進，禮賢下士，長於短歌艷曲。有《紅葉稿》等集，已失傳。

顧敻（約九二八年前後在世） 前蜀時期做過刺史。入後蜀，官至太尉。《堯山堂外紀》說，顧太尉「小詞特工」。

孫光憲 字孟文，自號「葆光子」。陵州貴平（今四川仁壽）人。家世務農，從小好學。後唐時為陵州判官。宋建隆四年，勸荊南節度使高繼仲獻三州之地有功，官至刺史。後被薦為學士，未及召而卒。曾著《荊台筆傭》、《橘齋》、《鞏湖》諸集。

魏承班 許州（今河南許昌）人。其父魏宏夫為前蜀皇帝王建養子。承班為駙馬都尉，官至太尉。

鹿虔扆（約九三三年前後在世） 後蜀進士，累官學士，任永泰軍節度使，進檢校太尉，加太保，因稱「鹿太保」。後蜀亡國後，一直未出仕。在後蜀以擅寫小詞，為孟昶所寵幸，時人忌之。與歐陽炯、韓琮、閻選、毛文錫號稱「五鬼」。

閻選 五代後蜀處士，酷愛小詞。

尹鶚 成都人。前蜀時為校書郎，累官至參卿。

毛熙震　（約九四七年前後在世）　五代蜀國人，曾為後蜀祕書監。善為詞。

李珣　（約八九六年前後在世）　字德潤。梓州（今四川三台）人。前蜀秀才，以小詞為後主所賞。著有《瓊瑤集》，今已佚。

花間集敘

武德軍節度判官歐陽炯　撰

鏤玉雕瓊，擬代工而迥巧；裁花剪葉，奪春豔以爭鮮。是以唱雲謠則金母詞清，挹霞醴則穆王心醉。名高白雪，聲聲而自合鸞歌；響遏行雲，字字而偏諧鳳律。楊柳大堤之句，樂府相傳；芙蓉曲渚之篇，豪家自製。莫不爭高門下，三千玳瑁之簪；競富樽前，數十珊瑚之樹。則有綺筵公子、繡幌佳人，遞葉葉之花箋，文抽麗錦，舉纖纖之玉指，拍按香檀；不無清絕之詞，用助嬌嬈之態。自南朝之宮體，扇北里之娼風，何止言之不文，所謂秀而不實。有唐已降，率土之濱，家家之香徑春風，寧尋越豔，處處之紅樓夜月，自鎖嫦娥。在明皇朝，則有李太白應制清平樂詞四首。近代溫飛卿復有金荃集。邇來作者，無愧前人。今衛尉少卿字弘基，以拾翠洲邊，自得羽毛之異；織綃泉底，獨殊機杼之功。廣會眾賓，時延佳論。因集近來詩客曲子詞五百首，分為十卷。以炯粗預知音，辱請命題，仍為敘引。昔郢人有歌陽春者，號為絕唱，乃命之為花間集。庶使西園英哲，用資羽蓋之歡；南國嬋娟，休唱蓮舟之引。

時大蜀廣政三年夏四月日敘

卷一

五十首

溫庭筠五十首

菩薩蠻

小山重疊金明滅❶，鬢雲欲度香腮雪。懶起畫蛾眉，弄妝梳洗遲。

照花前後鏡，花面交相映。新貼❷繡羅襦（ㄖㄨˊ），雙雙金鷓鴣。

【注釋】

❶金明滅：金，日光。指屏上的金碧山水在日光照射下，忽明忽暗。

❷貼：熨貼。

❸金鷓鴣（ㄓㄜˋㄍㄨ）：以金線繡成的鷓鴣鳥圖案。

【簡析】

這首詞描寫女子內心深處的哀怨與柔情，通過詞中女子晨起梳妝的過程曲折地表現出來。詞中女子夜來坐待情人不至，因而晨起時既「懶」又「遲」；妝成後雖光彩照人，卻難掩心中的孤寂。

其二

水晶簾裡玻璃枕，暖香惹夢鴛鴦錦❶。江上柳如煙，雁飛殘月天。

藕絲秋色淺，人勝❷參(ㄘㄣ)差(ㄘ)剪。雙鬢隔香紅❸，玉釵頭上風❹。

【注　釋】

❶鴛鴦錦：繡有鴛鴦圖案的錦被。

❷人勝，女子頭上的飾物。

❸香紅：指鮮花。

❹玉釵頭上風：美人頭上所戴首飾隨步顫搖生風。

【簡　析】

溫馨深閨，寂寞佳人，昨宵夢遠，今日新妝。這首詞，上片寫主人公所處的孤寂環境和她所思之人的處境；下片以盛妝而知己難覓，反襯上片的懷人之情。

其三

蕊黃❶無限當山額，宿妝❷隱笑紗窗隔。相見牡丹時❸，暫來還別離。

翠釵金作股，釵上蝶雙舞。心事竟誰知，月明花滿枝。

【注釋】

❶蕊黃：額黃，唐代時婦女常施於額上的裝飾。

❷宿妝：頭天留下的殘妝。

❸牡丹時：暮春時節。

【簡析】

歡會雖短暫，此情此景卻歷歷在目；離情難耐，相思之苦有誰知？全詞融懷人之情於眼前之景，意境淒迷。

其四

翠翹❶金縷雙鸂鶒❷，水紋細起春池碧。池上海棠梨，雨晴紅滿枝。

繡衫遮笑靨，煙草黏飛蝶。青瑣❸對芳菲，玉關❹音信稀。

【注釋】

❶翠翹：翠鳥尾上的長毛。
❷鸂鶒：一種水鳥，又名紫鴛鴦。形體比鴛鴦大。
❸青瑣：刻有青色連鎖紋的門。
❹玉關：玉門關，在今甘肅玉門市。古代西北重要的關塞。

【簡析】

曾與情侶終日相守，看春池中紫鴛鴦嬉戲暢遊。如今雖又是春光最好時，卻無人共賞。上片以華麗、鮮艷的詞句追敘往日歡會的美好情景，以襯托今日的孤獨與寂寞。

其五

杏花含露團香雪❶，綠楊陌上多離別。燈月在朧明❷，覺來聞曉鶯。
玉鉤褰❸翠幕，妝淺舊眉❹薄。春夢正關情，鏡中蟬鬢輕❺。

【注　釋】

❶「香雪」句：香雪，脂粉。言杏花似凝結了一層脂粉。
❷月朧明：日光微明之意。
❸褰：撩起、揭起。
❹舊眉：昨晚所畫之眉。
❺「春夢」二句：言晨起梳妝，仍懷著夢中之情。**蟬鬢**：攏鬢髮如蟬翼之狀。

【簡　析】

此首詞述閨夢、抒離情。上片寫夢中長安城陌上送別的場景；下片寫春夢覺醒後對夢境的回味。全詞將離情描摹得朦朧而迷離，映襯出閨中人沉於回憶中那種恍惚的神態。

其六

玉樓❶明月長相憶，柳絲嫋（ㄋㄧㄠˇ）娜春無力。門外草萋萋，送君聞馬嘶。　畫羅金翡翠❷，香燭銷成淚。花落子規啼，綠窗殘夢迷。

【注釋】

❶玉樓：裝飾華麗的高樓。指女子居處。

❷畫羅金翡翠：彩帳上有金翡翠鳥。

【簡析】

寫離情與相思。上片述詞中女子記憶中的離別場面；下片記女子回到玉樓後空閨獨守的景況。結句以環境烘托離愁，將主人公的一腔幽怨注入對晚春景物的描繪之中。

其七

鳳凰❶相對盤金縷，牡丹一夜經微雨❷。明鏡照新妝，鬢輕雙臉長❸。　畫樓相望久，闌外垂絲柳。音信不歸來，社前雙燕回❹。

【注　釋】

❶鳳凰：指衣上所繡的金鳳凰。

❷「牡丹」句：以牡丹經雨即敗，喻佳人憔悴。

❸雙臉長：指臉頰消瘦。

❹「音信」兩句：以音信不傳及春社雙歸燕，喻己之孤獨。

【簡　析】

寫閨中女子的幽怨情思。上片記主人公的消瘦與憔悴；下片敘相思，點明憔悴的原因。

其八

牡丹花謝鶯聲歇，綠楊滿院中庭月❶。相憶夢難成，背窗燈半明。翠鈿（ㄉㄧㄢˋ）❷金壓臉，寂寞香閨掩。人遠淚闌干❸，燕飛春又殘。

【注　釋】

❶中庭月：照於中庭之月。

❷翠鈿：以翠玉鑲嵌的首飾，外貼金片。

❸淚闌干：眼淚縱橫交錯。

【簡　析】

抒寫相思之苦。上片抒月夜的思念；下片敘閨中人空度芳春的惆悵與悲傷。

其　九

滿宮明月梨花白，故人萬里關山隔。金雁❶一雙飛，淚痕霑繡衣。　小園芳草綠，家住越溪曲。楊柳色依依，燕歸君不歸。

【注　釋】

❶金雁：古箏的箏柱。「金雁」二句，指閨人彈箏以寄愁思，不禁淚灑繡衣的情景。

【簡　析】

寫戍婦之幽怨。上片述明月花下，閨中人對邊地征人的相思；下片敘燕回人未回的怨懟。

其十

寶函❶鈿雀❷金鸂鶒（ㄒㄧ ㄔˋ）❸，沉香閣上吳山❹碧。楊柳又如絲，驛橋春雨時。　畫樓音信斷，芳草江南岸。鸞鏡與花枝，此情誰得知。

【注　釋】

❶寶函：奩（ㄌㄧㄢˊ）具，即首飾盒。

❷鈿雀、金鸂鶒：皆為釵頭飾物。

❸吳山：泛指吳地之山。

【簡 析】

寫登高懷人之情。一、二句敘女子登樓遠望，三、四句憶離別時的景色。下片首句點明征人遠出，音信杳然。結尾二句用諧音雙關語，述女子對鏡梳妝，忽見頭上所戴花枝，遂意識到只有妝鏡與花相知（枝）。除此，自己的感情還有誰明瞭？全首詞清新明麗，有樂府民歌之風格。

其十一

南園滿地堆輕絮❶，愁聞一霎清明雨。雨後卻斜陽，杏花零落香。

無言勻睡臉❷，枕上屏山掩。時節欲黃昏，無聊獨倚門。

【注 釋】

❶輕絮：柳絮。

❷勻睡臉：勻，勻拭，使均勻。言女子睡起，重新勻整臉上的脂粉。

【簡　析】

寫閨中人獨處深閨的孤寂與無聊。上片敘暮春景色；下片表明處於孤寂的殘春景色中，只能與孤枕、屏風為伴。

其十二

夜來皓月纔當午，重簾悄悄無人語。深處麝(ㄕㄜˋ)煙❶長，臥時留薄妝。

當年還自惜，往事那堪憶。花露月明殘，錦衾(ㄑㄧㄣ)知曉寒。

【注　釋】

❶麝煙：熏爐裡加麝香所燃起的煙。

❷「花露」兩句：喻閨中人通宵未眠。

【簡　析】

上片寫景，下片抒情，描摹閨中人對青春逝去的自哀與自憐。

其十三

雨晴夜合❶玲瓏日，萬枝香嫋紅絲拂。閒夢憶金堂，滿庭萱草❷長。

繡簾垂䍡(ㄌㄨˋ)䍤(ㄙㄨˋ)❸，眉黛遠山綠。春水渡溪橋，憑欄魂欲消。

【注釋】

❶夜合：即合歡花，在夏季開放。古人認為它能消怨合好，因此常以之贈人。

❷萱草：一種草木植物。傳說它可以使人忘憂。

❸䍡䍤：形容下垂的樣子。

【簡析】

美麗的合歡花是否能消除我心中的怨結？昨夜夢見的滿庭萱草是否能讓我擺脫憂傷之情？這首詞通過一位女子對現實與夢中景色的感受，表現出她內心深處難以擺脫的相思與憂傷之情。

其十四

竹風❶輕動庭除冷，珠簾月上玲瓏影。山枕❷隱濃妝，綠檀金鳳凰。　兩蛾愁黛淺，故國吳宮遠。春恨正關情，畫樓殘點聲。

【注　釋】

❶竹風：拂竹之風。

❷山枕：枕如凹形，兩端突起如山，故曰山枕。

❸殘點聲：古時以銅壺滴漏計時，把一夜分為五更，一更分為五點，擊點或擊鐘報時。這裡殘點指殘漏更點之聲，意味著即將破曉。

【簡　析】

寫畫樓女子思鄉懷人的愁怨。上片的淒風冷月，下片的愁黛、殘點，均為襯托其春愁而設。

更漏子

柳絲長，春雨細，花外漏聲❶迢遞❷。驚塞雁，起城烏❸，畫屏金鷓鴣。

香霧薄，透簾幕，惆悵謝家池閣❹。紅燭背，繡簾垂，夢長君不知。

【注　釋】

❶漏聲：指漏壺滴水計時之聲。

❷迢遞：遙遠。

❸城烏：城上啼鳴的烏鳥。

❹謝家池閣：本指唐人李繼裕之妾謝秋娘的居所，這裡代指所懷之人。

【簡　析】

此詞寫美人相思惆悵之情，是溫庭筠詞作中最富特色的一首。上片敘美人在春雨靜夜之中對離人的懷想；下片點出美人的惆悵與哀怨。

其二

星斗稀，鐘鼓歇，簾外曉鶯殘月❶。蘭露重，柳風斜，滿庭堆落花。　虛閣上，倚闌望，還似去年惆悵。春欲暮，思無窮，舊歡如夢中。

【注釋】

❶「星斗稀」三句：以寫景點明天將破曉。

【簡析】

描寫女子徹夜倚欄翹望情人前來的情形。上片述女子在破曉時所見的景色；下片追憶去年的惆悵，頓生舊歡如夢之感。一縷孤獨淒涼溢出詞外。

其三

金雀釵❶，紅粉面，花裡暫時相見。知我意，感君憐，此情須問天。香作穗❷，蠟成淚，還似兩人心意。山枕膩❸，錦衾寒，覺來更漏殘。

【注　釋】

❶雀釵：又稱三爵釵、合歡釵，指雀形金釵。

❷香作穗：指香已燃盡，只存燼餘。

❸膩：光滑。

【簡　析】

此首詞抒寫了愛情生活的經歷與悲歡。上片回憶與情人相愛的情景；下片述失去愛情，情人遠去的感受。

其　四

相見稀，相憶久，眉淺淡煙如柳。垂翠幕❶，結同心，待郎熏繡衾。城上月，白如雪，蟬鬢美人愁絕。宮樹暗，鵲橋橫

❷，玉籤初報明❸。

【注　釋】

❶垂翠幕：放下翠色帷幕。暗示夜已降臨。

❷鵲橋橫：指參星已沒，即將破曉。

❸「玉籤」句：指用更籤以報天明。玉籤，報更所用的竹籤。

【簡　析】

長相思，難相見。今夜應是相聚的日子，癡情女子細掃娥眉，繫就同心結，熏暖錦被，從夜色闌珊等到天將破曉，望穿秋水，卻未見心上人的蹤影。這首詞完整地描寫了一位女子徹夜等待情人而情人不至的情景。

其　五

背江樓，臨海月，城上角聲嗚咽❶。隄柳動，島煙昏，兩行征雁分❷。

京口路，歸帆渡，正是芳菲欲度。銀燭盡，玉繩❸

低，一聲村落雞❹。

【注釋】

❶「背江樓」句：背對江樓，目臨海月，耳邊響起城上悲愴的畫角聲。此句描寫拂曉前的一片淒清景色。

❷征雁分：遠征之雁欲分飛而去。

❸玉繩：星名，共二顆，在玉衡之北。

❹一聲村落雞：村落的晨雞已在報曉。

【簡析】

寫情侶分手時的情景。這對情侶一夜未眠，拂曉時即將分別，又依依難捨，送了一程又一程。

其六

玉爐香，紅蠟淚，偏照畫堂秋思❶。眉翠❷薄，鬢雲殘，夜長衾枕寒。　梧桐樹，三更雨，不道❸離情正苦。一葉葉，一聲聲，空階滴到明。

【注　釋】

❶畫堂秋思：畫堂，裝飾華美的居室。指秋日畫堂上思慮之人。

❷眉翠：古代女子以翠黛畫眉，故曰眉翠。薄，指眉翠已淡。

❸不道：不管、不顧。

【簡　析】

玉爐香臺上的香霧繚繞畫堂，燭光下紅蠟淚流成行。秋思之人蟬鬢微亂，眉黛懶描，漫漫長夜難入眠。上片以濃麗之色彩刻畫出一位思婦的形象；下片以疏淡之筆，賦予尋常之景以淒麗之情，將秋思離情寫得真切感人。作法上，上片的濃麗深婉與下片的疏淡真率相反相成，相得益彰。

歸國遙

香玉❶，翠鳳寶釵❷垂䍡(ㄌㄨˋ)⿱罒欶(ㄙㄨˋ)。鈿筐交勝金粟❸，越羅春水綠。

畫堂照簾殘燭，夢餘更漏促。謝娘❹無限心曲，曉屏山斷續。

【注　釋】

❶香玉：一種頭飾。

❷翠鳳寶釵：以翠鳳為釵頭的釵飾。

❸鈿筐、金粟：均為頭飾。

❹謝娘：晉王凝之妻謝道蘊有文才，因稱有學問之女子為謝娘；後亦泛稱一般女子或妓女。此處係指閨中女子。

【簡析】

閨中女子獨自忍受寂寞的煎熬，心底承受著巨大的痛苦，外表的華艷反襯出心靈的無奈。所謂借客形主，效果顯然勝於直說。

其二

雙臉，小鳳戰篦❶金颭❷艷。舞衣無力風斂，藕絲❸秋色染。

錦帳繡帷斜掩，露珠清曉簟❹。粉心黃蕊花靨，黛眉山兩點。

【注釋】

❶小鳳戰篦：指首飾。

❷颭：風吹顫動。

❸藕絲：指舞衣呈藕絲色。

❹「露珠」句：寫簟席似早上的露珠一樣清涼。

【簡　析】

寫寂寞的閨中生活。詞中以重筆描繪了閨中佳人的美貌、盛妝，並將愁思注入了對佳人的姿容、起居的描述中。

酒泉子

花映柳條，吹向綠萍池上。憑闌干，窺細浪，雨蕭蕭。

近來音信兩疏索❶，洞房❷空寂寞。掩銀屏，垂翠箔❸，度春宵。

【注　釋】

❶疏索：沉寂。

❷洞房：指幽深的居室。

❸箔：即門簾。

【簡析】

描繪一位女子與相愛之人分別後寂寞、無奈的心情。

其二

日映紗窗，金鴨❶小屏山碧。故鄉春，煙靄隔，背蘭釭[ㄍㄤ]❷。

宿妝惆悵倚高閣，千里雲影薄。草初齊，花又落，燕雙雙。

【注釋】

❶金鴨：鴨形香爐。

❷蘭釭：蘭膏之燈，用蘭漬膏製成，燃時泛出芳香。

【簡析】

寫閨中女子面對暮春景色，觸發了傷感與愁思。

其三

楚女不歸，樓枕小河春水。月孤明，風又起，杏花稀。
玉釵斜簪雲鬟髻，裙上金縷鳳。八行書❶，千里夢，雁南飛。

【注釋】

❶八行書：信札的代稱。古時信箋每頁八行，故以「八行書」代稱信札。

【簡析】

敘述對一位身在異鄉女子的思念之情。男子書就片片相思辭，對心愛的人魂牽夢縈。

其四

羅帶惹香，猶繫別時紅豆。淚痕新，金縷舊❶，斷離腸。
一雙嬌燕語雕梁，還是去年時節。綠陰濃，芳草歇❷，柳花狂。

【注　釋】

❶「金縷舊」句：別時新穿繡上金縷的衣飾已陳舊（喻離別時間之長），而淚痕猶新（抒別情之深）。

❷芳草歇：即芳草的香氣已消失。

【簡　析】

抒發久別相思之情。上片通過衣飾的形容抒別後深情；下片述記憶猶新的別時春景，藉以反襯此時孤寂的情懷。

定西番

漢使❶昔年離別，攀弱柳，折寒梅❷，上高臺❸。千里玉關春雪，雁來人不來。羌笛一聲愁絕，月徘徊。

【注　釋】

❶漢使：本指漢代張騫，此處指男子。

❷折寒梅：贈寒梅，寄寓相思之情。

❸上高臺：登高望遠。

【簡析】

寫邊塞征人對故鄉的追思。

其二

海燕欲飛調羽❶，萱草綠，杏花紅，隔簾櫳（ㄌㄨㄥˊ）。雙鬢翠霞金縷❷，一枝春艷濃。樓上月明三五❸，瑣窗❹中。

【注釋】

❶調羽：調理羽毛。

❷翠霞金縷：翠霞，頭上釵飾的色澤。金縷，指釵穗。

❸三五：十五日。

❹瑣窗：鏤出花紋之窗。

【簡析】

描述一位艷妝美人的生活環境。詞中只寫出明月、瑣窗，而不直抒閨中美人的傷春、惆悵，使人感受到一種耐人尋味的意蘊美。

其三

細雨曉鶯春晚，人似玉，柳如眉，正相思。羅幕翠簾初卷❶，鏡中花一枝。腸斷塞門消息，雁❷來稀。

【注釋】

❶「羅幕」句：寫閨人初起，對鏡梳妝。

❷雁：指書信。

【簡析】

寫思婦之幽怨。上片描繪思婦的形象；下片述其因邊塞消息不通而思念良人，極度悲傷。

楊柳枝

宜春苑❶外最長條，閒嫋(ㄋㄧㄠˇ)春風伴舞腰。正是玉人腸絕處，一渠春水赤欄橋❷。

【注　釋】

❶ 宜春苑：在今陝西長安縣南。

❷ 赤欄橋：橋名。

【簡　析】

詠物詞，專寫楊柳。詞中點出楊柳的裊娜風姿，襯托出情人的離情別緒，神韻盡顯。

其　二

南內❶牆東御路❷旁，須知春色柳絲黃。杏花未肯無情思❸，何事行人最斷腸。

【注　釋】

❶南內：《舊唐書・玄宗紀》：「興慶宮，在隆慶坊，本玄宗在藩時故宅。西南隅有花萼相輝勤政務本之樓，在東內之南，故名南內。」

❷御路：皇帝所行之路。

❸「杏花」句：言杏花乃多情之物。

【簡　析】

透過詠楊柳，抒發一種普泛的離情別緒。

其　三

蘇小❶門前柳萬條，毿ㄙㄢ毿ㄙㄢ❷金線❸拂平橋。黃鶯不語東風起，
深閉朱門❹伴舞腰。

【注　釋】

❶蘇小：蘇小小，錢塘名妓。

❷毿毿：細長而下垂之狀。

❸金線：指柳條。

❹朱門：指豪富之門。

【簡析】

朱顏已改，景物依舊，無情還是有思？黃鶯不語，柳絲千條，於平凡景語中寄託懷古情思。

其四

金縷毿毿（ㄙㄢ ㄙㄢ）❶碧瓦溝，六宮眉黛惹香愁。晚來更帶龍池❷雨，半拂闌干半入樓。

【注釋】

❶金縷毿毿：指柳條似金縷般下垂。

❷龍池：《長安志》載：「龍池在南內南薰殿北，躍龍門南。本是平地，垂拱後，因雨水流潦成小池，後又引龍首支渠分溉之，日以滋廣。至神龍、景雲中，彌亙數頃，深至數丈，常有雲氣，或見黃龍出其中，謂之龍池。」

【簡　析】

落日昏雨，迷濛淒清，佳人心底惆悵。寄喻人生之慨嘆，抒發人生如夢的情感。情調深沉。

其　五

館娃宮❶外鄴城❷西，遠映征帆近拂隄❸。繫得王孫歸意切，不關芳草綠萋萋。

【注　釋】

❶館娃宮：遺址在今蘇州靈岩山上，傳說是吳王夫差為西施而建。
❷鄴城：曹操封魏王，建都於鄴，興築鄴宮，城西又築銅雀台以置姬妾。
❸「遠映」句：狀館娃宮、鄴城之柳的繁盛。

【簡　析】

全詩意象連綴如珠，宮殿、城池、征帆、芳草等組接出鮮明的畫面，自然之湖光山色，撫平人生的煩惱。借詠館娃宮、鄴城之柳，詠古抒懷。

其六

兩兩❶黃鸝（ㄌㄧˊ）色似金，嫋枝啼露動芳音。春來幸自長如線❷，可惜牽纏蕩子❸心。

【注釋】

❶兩兩：即雙雙。

❷長如線：言垂柳如線。

❸蕩子：放蕩不羈之人。

【簡析】

蕩子久久不歸，女子悠悠思念。柳枝飛舞，女子思心愈切。如果上蒼知人心意，定會感動浪跡天涯的遊子。

其七

御柳如絲映九重❶，鳳凰窗❷映繡芙蓉。景陽樓畔千萬條，一面新妝❸待曉風。

【注釋】

❶九重：謂天子所居之處的九門。

❷鳳凰窗：雕鏤鳳凰圖案之窗。

❸新妝：代指樓中盛妝的麗人。

【簡析】

柳絲、人面相映，引人遐思。全詞語意平實而情味深長。

其八

織錦機邊鶯語頻，停梭(ㄙㄨㄛ)垂淚憶征人❶。塞門三月猶蕭索，縱有垂楊未覺春❷。

【注　釋】

❶「織錦」二句：寫織錦人聽鶯語聲聲，更增思懷遠人之情而無心織錦。

❷「塞門」二句：寫織錦人之憂。塞外無春，雖有垂楊，也不覺春意。

【簡　析】

寫征婦的思夫之情。

南歌子

手裡金鸚鵡，胸前繡鳳凰。偷眼❶暗形相❷，不如從❸嫁與，作鴛鴦。

【注　釋】

❶偷眼：暗中窺視。

❷形相：端詳、細看。

❸從：任從，無須考慮。

【簡　析】

寫一位正在刺繡的閨中女子暗暗相中一位貴族公子時的心曲。全詞將女子的心願抒發得坦率、大膽而通俗，透出樂府民歌的風格。

其　二

似帶如絲柳，團酥❶握雪花，簾卷玉鉤斜。九衢❷塵欲暮，逐香車❸。

【注　釋】

❶團酥：指臘燭。此句述婦人晚上柄燭等待心愛的男子。

❷九衢：四通八達之道。

❸香車：貴人所乘之車。

【簡　析】

前三句寫一婦女期盼男子歸來的情景；後二句敘其想像意中人正驅車而來。

其三

倭墮低梳髻，連娟❶細掃眉❷，終日兩相思。為君憔悴盡，百花時。

【注釋】

❶連娟：眉纖弱細長之貌。

❷掃眉：即畫眉。

【簡析】

寫一位女子對愛戀之人的相思之苦，其情動人。頭兩句述女子為相思之人整妝；後三句敘她對戀人的摯著之情。全詞用字精美，前後句子的結構相互承應，充分顯示出溫詞纖柔婉約的美感。

其四

臉上金霞細，眉間翠鈿❶深，倚枕覆鴛衾。隔簾鶯百囀❷，感君心。

【注　釋】

❶翠鈿（ㄉㄧㄢˋ）：飾物。

❷百囀（ㄓㄨㄢˇ）：形容聲音宛轉動聽。

【簡　析】

寫女子與日思夜想的心上人歡會的心境。

其五

撲蕊❶添黃子，呵花❷滿翠鬟，鴛枕映屏山。月明三五夜，對芳顏❸。

【注　釋】

❶「撲蕊」句：即撲抖花蕊，以添額黃。

❷呵花：即呵去花上露珠以簪之。

❸芳顏：此處敬稱所戀的男子。

【簡　析】

寫一女子與男子歡會。「女為悅己者容」，情志纏綿。通過白描手法，揭示人物的內心情結。

其　六

轉盼如波眼，娉婷似柳腰，花裡暗相招❶。憶君腸欲斷，恨春宵。

【注　釋】

❶暗相招：即暗中示意相邀約。

【簡　析】

此為女子對舊日幽情的追思，反映了今日相思的痛苦。

其　七

懶拂鴛鴦枕，休縫翡翠裙，羅帳罷爐熏。近來心更切，為思君。

【簡析】

寫女子思君而不見所生發的慵懶和愁怨。

河瀆神

河上望叢祠❶，廟前春雨來時。楚山無限鳥飛遲，蘭棹（ㄓㄠˋ）❷空傷別離。

何處杜鵑啼不歇，艷紅開盡如血❸。蟬鬢美人愁絕，百花芳草佳節。

【注釋】

❶叢祠：高誘注《戰國策》云：「叢祠，神祠叢樹也。」

❷蘭棹：船的美稱。

❸「艷紅」句：指杜鵑花盛開的情景。

【簡　析】

溫詞長於標舉精美的物景，加強環境的渲染，給讀者以美的感受，卻很容易流於堆砌。此首詞以靈活之筆，刻畫相思愁情，參差錯落，意境渾然。

其　二

孤廟對寒潮❶，西陵風雨蕭蕭。謝娘惆悵倚蘭橈ㄋㄠˊ❷，淚流玉箸ㄓㄨˋ❸千條。　暮天愁聽思歸樂❹，早梅香滿山郭。回首兩情蕭索，離魂何處飄泊？

【注　釋】

❶寒潮：寒冷的潮水。
❷蘭橈：蘭木作的槳。這裡代指船隻。
❸玉箸：指眼淚。
❹思歸樂：指懷鄉思歸一類歌曲。一說指杜鵑鳥。

【簡析】

離別相思之詞。與溫庭筠其它名作相比，詞中背景已從「玉樓」、「畫閣」移向「孤廟」、「山郭」，將江南的風景、風情融入對離愁別恨的抒發中。

其三

銅鼓❶賽神來，滿庭幡蓋❷徘徊。水村江浦過風雷❸，楚山如畫煙開。

離別櫓聲空蕭索，玉容惆悵妝薄。青麥燕飛落落❹，卷簾愁對珠閣。

【注釋】

❶「銅鼓」句：指祭神。

❷幡蓋：指幢幡華蓋之類。

❸風雷：此處指迎神之車行如風，聲如雷。

❹落落：眾多貌。

【簡　析】

寫江南民間迎神賽舞的風俗及女子的情思。

女冠子❶

含嬌含笑，宿翠殘紅窈窕。鬢如蟬，寒玉❷簪秋水，輕紗卷碧煙。

雪胸鸞鏡裡，琪樹❸鳳樓前。寄語青娥❹伴，早求仙。

【注　釋】

❶《女冠子》：唐教坊曲名。女冠即女道士；子是曲子的簡稱。

❷「寒玉」句：指以玉雕製的簪，質地清涼如秋水。

❸「琪樹」句：謂女道士妝成之後，立於鳳樓之前，如琪樹。

❹「寄語」句：寄語，即傳語。青娥，嬌好之少女。

【簡　析】

詠調名原意。上片寫女道士出家前的嬌態、容貌；下片敘其出家的妝束和怡然自得的心情。

其二

霞帔（ㄆㄟˋ）❶雲髮，鈿鏡仙容似雪。畫愁眉，遮語回輕扇，含羞下繡帷。

玉樓相望久，花洞❷恨來遲。早晚乘鸞❸去，莫相遺。

【注釋】

❶霞帔：有霞紋的披肩。為女道士的妝束。

❷花洞：女冠所居之處。

❸乘鸞：喻騎鸞成仙。

【簡析】

寫女道士入觀後的服飾、姿容和脫俗的生活。

玉蝴蝶

秋風淒切傷離，行客未歸時。塞外草先衰，江南雁到遲❶。

芙蓉❷凋嫩臉，楊柳❸墮新眉。搖落使人悲，斷腸誰得知。

【注　釋】

❶雁到遲：喻音信稀疏。

❷「芙蓉」句：言嫩臉變衰，如芙蓉之凋謝。芙蓉：荷花。

❸「楊柳」句：指新眉不畫，似柳葉之脫落。

【簡　析】

寫美人在秋風蕭瑟之時，觸發了對塞外征夫的相思之情。

卷二

五十首

溫庭筠十六首

清平樂

上陽❶春晚，宮女愁蛾淺。新歲清平❷思同輦ㄋㄧㄢˇ❸，怎奈長安路遠。

鳳帳鴛被徒熏，寂寞花鎖千門。競把黃金買賦，為妾將上明君。

【注　釋】

❶上陽：宮名，故址在今河南洛陽。

❷清平：太平。

❸同輦：與皇帝同車，顯見昔日極受寵愛。

【簡　析】

寫宮女的怨思。上片一個「愁」字，拈出宮女孤淒的心境，一個「思」字道出對歡悅的追求；下片敘述她們倍受冷落的苦況。

其二

洛陽愁絕，楊柳花飄雪。終日行人恣攀折❶，橋下水流嗚咽。上馬爭勸離觴❷，南浦❸鶯聲斷腸。愁殺平原❹年少，回首揮淚千行。

【注釋】

❶恣攀折：任意攀折。

❷離觴：餞別之酒。

❸南浦：泛指送別之地。

❹平原：今山東平原。戰國時平原君趙勝號稱「翩翩濁世之佳公子」。這裡的「平原年少」泛指貴族子弟。

【簡析】

描述以洛陽為背景的都城之別。溫庭筠在這首詞中，一反以女性之感受為中心的抒寫方式，獨言「愁殺平原年少，回首揮淚千行」，在眾多詠別詞中獨具風格。

遐方怨

憑繡檻ㄎㄢˇ❶，解羅帷ㄨㄟˊ❷。未得君書，腸斷瀟湘春雁飛❸。不知征馬幾時歸。海棠花謝也，雨霏霏。

【注　釋】

❶ 繡檻：綺麗如繡之欄杆。

❷ 羅帷：綺羅帷帳。

❸「未得」二句：謂只見春雁歸來，卻未見征人書信，令人腸斷。

【簡　析】

寫閨中人思念遠在邊塞的丈夫。詞中勾出一幅思婦憑欄遠望的圖景。通過景物的描寫，十分細膩而含蓄地道出她無限惆悵的心緒。

其　二

花半坼（ㄔㄜˋ）❶，雨初晴。未卷珠簾❷，夢殘惆悵聞曉鶯。宿妝眉淺粉山橫。約鬟❸鸞鏡裡，繡羅輕。

【注釋】

❶花半坼：即花半開。

❷未卷珠簾：彩簾未開，意即美人尚未起床。

❸約鬟：纏束髮鬟。

【簡析】

通過寫美人晨起的形象，含蓄地表現出她對意中人的相思和由此生發的惆悵。

訴衷情

鶯語，花舞，春晝午❶，雨菲微。金帶枕❷，宮錦，鳳凰帷。

柳弱蝶交飛❸，依依。遼陽❹音信稀，夢中歸。

【注　釋】

❶春晝午：春日正午。

❷金帶枕：極言女主人公的居室和床上用品的華美。

❸交飛：比翼齊飛。

❹遼陽：地名，在今遼寧瀋陽市以南的遼河之東。這裡指征人所在之地。

【簡　析】

此首詞極力描繪一片春日的美景。然而，在「遼陽音信稀」的背景下，這春光與春色只能使閨中人的孤獨感更為加重，思念親人的情感更甚，以至於在短暫的午睡中也夢見丈夫歸來。

思帝鄉

花花，滿枝紅似霞。羅袖❶畫簾腸斷，卓香車❷。回面共人閒語，戰篦金鳳❸斜。惟有阮郎❹春盡，不歸家。

【注　釋】

❶羅袖：羅衫之袖。此處代指閨人。

❷卓香車：停立香車。

❸戰篦金鳳：鳳狀首飾。

❹阮郎：此處借指未歸之人。

【簡　析】

以春景起興，寫一位女子對丈夫的眷戀之情。「回面」二句敘她坐在車上，與街上的熟人說話；結句指出她因煩悶而向人訴說丈夫不歸家，很有情趣。

夢江南

千萬恨，恨極在天涯❶。山月不知心裡事，水風空落眼前花，搖曳碧雲斜。

【注　釋】

❶天涯：指心中男子所處的遙遠地帶。

【簡　析】

通篇寫恨，實際是以恨之切，襯愛之深、思之極。在這首描摹離愁別恨的詞作中，作者點出山月無知、水風無覺，以無情襯有情，最終刻畫出「恨」的綿綿無盡。

其　二

梳洗罷，獨倚望江樓。過盡千帆皆不是❶，斜暉脈脈水悠悠，腸斷白蘋洲❷。

【注　釋】

❶「過盡」句：整天頻數過帆，就是不見丈夫的歸船。千帆，即千船。

❷白蘋洲：長著白蘋的水邊小洲。

【簡　析】

具體地描繪出思婦等候遠人歸來時的動人情景，人物、景色、情感躍然紙上。全詞抑揚頓挫，款曲低迴，別具勝韻。清人譚獻評曰：「猶是盛唐人絕句。」

河傳

江畔，相喚❶。曉妝鮮，仙景箇女❷采蓮。請君❸莫向那岸邊，少年，好花新滿船。紅袖搖曳逐風暖，垂玉腕，腸向柳絲斷。浦南歸，浦北歸，莫知，晚來人已稀。

【注釋】

❶「江畔」兩句：寫江邊採蓮女互相呼喚。

❷箇女：有些女子或那些女子。

❸「請君」句：是逗引少年的話。

【簡析】

寫少女採蓮的場面和情致。上片通過逗引之語，點明遊樂少年對少女的傾慕；下片描繪少女採蓮的風姿和少年的惆悵。

其二

湖上，閒望。雨蕭蕭，煙浦花橋路遙。謝娘翠蛾愁不消，終朝❶，夢魂迷晚潮。

蕩子天涯歸棹（ㄓㄠˋ）遠，春已晚，鶯語空斷腸。若耶溪❷，溪水西，柳隄，不聞郎馬嘶。

【注　釋】

❶終朝：整天。

❷若耶溪：溪名，在今浙江紹興若耶山下。亦名五雲溪。

【簡　析】

寫傷春懷人之情。上片述望而不見，夢魂迷茫；下片抒歸棹不返，郎馬不嘶。語意聯屬，意脈順暢，得蟬聯之妙。

其三

同伴，相喚。杏花稀，夢裡每愁依違❶。仙客一去燕已飛，不歸，淚痕空滿衣。天際雲鳥引晴遠，春已晚，煙靄❷渡南苑❸。雪梅香，柳帶長，小娘❹，轉令❺人意傷。

【注釋】

❶依違：遲疑不決。

❷煙靄：雲氣。

❸南苑：白居易《長恨歌》：「西宮南苑多秋草，落葉滿階紅不掃。」此處泛指苑囿。

❹小娘：此處指少女。

❺轉令：更令、更使。

【簡析】

寫一位少女暗戀情郎又羞於表達，情郎遠去而懷念、感傷的那種情思。

番女怨

萬枝香雪❶開已徧，細雨雙燕。鈿蟬箏❷，金雀扇❸，畫梁相見。雁門❹消息不歸來，又飛回。

【注釋】

❶萬枝香雪：指杏花盛開。

❷鈿蟬箏：箏名。嵌金為飾之箏謂鈿箏；飾以金蟬者謂鈿蟬箏。

❸金雀扇：畫上金雀的扇子。

❹雁門：山名，在山西代縣西北。歷來為戍守重地。

其二

磧(ㄑㄧˋ)南❶沙上驚雁起，飛雪千里。玉連環❷，金鏃(ㄗㄨˊ)箭❸，年年征戰。畫樓離恨錦屏空，杏花紅。

【注釋】

❶磧南：漠南，指蒙古高原大漠以南。古時為匈奴、突厥居住的地方。

❷玉連環：連結成串的玉環。

❸金鏃箭：裝有金屬箭頭的箭。

【簡　析】

此二首為聯章，以邊地之題材，寫戍婦的纏綿情思。第一首敘述春去春回，征人仍舊杳無音信。第二首描摹思婦等待征人歸來的悵恨心情。

荷葉杯

一點露珠凝冷，波影，滿池塘。綠莖❶紅艷兩相亂，腸斷，水風涼。

【注　釋】

❶荷葉杯：唐教坊曲名，後用為詞牌。

❷「綠莖」二句：莖，荷花的體軸。紅艷，指花瓣。兩相亂，言滿池荷花亂而混雜。

【簡　析】

傷感之作。作者以「腸斷」二字融景入情，抒發主人公淒涼失落的情愫。

其　二

鏡水❶夜來秋月，如雪，采蓮時。小娘❷紅粉對寒浪，惆悵，正思維。

【注　釋】

❶鏡水：指鏡湖之水，在今浙江省紹興縣境內。
❷小娘：指採蓮之少女。

【簡　析】

這首詞繪出一幅採蓮女在波光瀲灩、月色皎潔的湖上心神迷茫的懷春圖，貴在捕捉她一瞬間的情感：面對自己映在水光中的嬌顏，這姑娘頓生孤寂與惆悵。

其三

楚女欲歸南浦❶，朝雨，濕愁紅❷。小船搖漾（一ㄤˋ）❸入花裡，波起，隔西風。

【注釋】

❶南浦：泛指送別的地方。

❷愁紅：指花。

❸搖漾：形容船在水中划行的樣子。

【簡析】

繪出一幅南國女子荷塘思歸的風景圖。

皇甫松十二首

天仙子

晴野鷺鷥飛一隻，水葒①花發秋江碧。劉郎②此日別天仙，登綺席③，淚珠滴。十二晚峰④高歷歷。

【注　釋】

❶水葒：葒，生於水邊之草。

❷劉郎：劉晨。代指戀愛中的男子。

❸綺席：指餞別之宴。

❹十二晚峰：即巫山十二峰。

【簡　析】

全詞詠調名原意，即劉晨、阮肇入天台山遇仙女的故事。借仙人之口，曲折地表達出女子心有所愛，卻難以長聚的悲哀。

其二

躑（ㄓˊ）躅（ㄓㄨˊ）❶花開紅照水，鷓鴣飛繞青山嘴❷。行人經歲始歸來❸，千萬里，錯相倚。懊惱天仙應有以❹。

【注釋】

❶躑躅：羊躑躅的簡稱，即杜鵑花。

❷山嘴：山之入口處。

❸「行人」句：與前首「劉郎此日別天仙」所指相同，此處「行人」即指劉郎。始歸來，謂劉郎又回歸人間。

❹有以：有因。

【簡析】

詠調名原意，述劉晨、阮肇與天台山二仙女邂逅之後返鄉。借一位女子之口，言離合之怨。前一首說劉郎離去，此首說劉郎歸家，二首皆以詠物起興，具有江南民歌的風格。

浪淘沙

灘頭❶細草接疏林，浪惡罾船❷半欲沈。宿鷺眠鷗飛舊浦，去年沙嘴是江心❸。

【注　釋】

❶灘頭：灘上。

❷罾船：罾，魚網。漁船。

❸「宿鷺」二句：意謂舊浦與沙嘴本是同地，而今鷺宿之處，鷗眠之所已非原來的舊浦，滄海桑田，倏忽遷變，去年舊浦之沙嘴，今已變成江心。浦，水濱。

【簡　析】

詠調名本意，係感慨人世桑田滄海巨變之作。然而，詞面所寫，只是南國江上的自然景色，以「細草」、「疏林」、「浪惡」渲染了略帶淒清意味的環境。結尾以「去年沙嘴是江心」點睛。詞中對滄桑巨變的慨嘆不用直述，而是自然溢露，因而宛然可感，耐人尋味。

其二

蠻歌❶豆蔻北人愁，蒲雨杉風野艇秋。浪起鵁鶄（ㄐㄧㄠ ㄐㄧㄥ）眠不得❷，寒沙❸細細入江流。

【注釋】

❶蠻歌：南人之歌。

❷「浪起」句：鵁鶄驚浪不眠，猶北客思深難眠。鵁鶄：《爾雅・釋鳥》：「鵁鶄，一名鳽（ㄜˋ），似鳧而腳高，有毛冠。長目以睛交，故云交睛。」

❸寒沙：秋水中之沙。

【簡析】

寫客旅思鄉之情。客居他鄉之人，耳聽鄉曲秋浪，歸情油然而生。

楊柳枝

春入行宮❶映翠微，玄宗侍女❷舞煙絲。如今柳向空城綠，玉笛何人更把吹？

【注　釋】

❶行宮：天子出行所居之所，謂之行宮。

❷玄宗侍女：指玄宗時的宮女。

【簡　析】

寫世態變幻。昔日玄宗的侍女起舞，唐皇朝一派歡樂升平景象；而今已成前朝舊事，物是人非。強烈的悲劇力量從詞中泛出。

其　二

爛熳春歸水國❶時，吳王宮殿❷柳絲垂。黃鶯長叫空閨畔，西子無因更❸得知。

【注　釋】

❶水國：泛指江南水鄉。

❷吳王宮殿：此處指吳王夫差所築之宮殿。

❸更：再、又。

【簡　析】

昔日吳王苑中柳，今日知在誰家門？詞中寫柳，引出世事變遷的感嘆。

摘得新❶

酌一卮（ㄓ）❷，須教❸玉笛吹。錦筵❹紅蠟燭，莫來遲。繁紅❺一夜經風雨，是空枝。

【注　釋】

❶《摘得新》：唐教坊曲名，用於飲席，是一種勸酒曲。

❷酌一卮：酌滿一杯酒。

❸須教：應教。

❹錦筵：精美之筵。
❺繁紅：繁花。亦喻人。

【簡　析】

詠酒筵之作。結句以繁花易謝為喻，進一步將及時行樂的消極情緒推向高潮。

其　二

摘得新❶，枝枝葉葉春。管絃兼美酒，最關人。平生都得幾十度，展香茵❷。

【注　釋】

❶摘得新：言摘得鮮花。詞調亦以此為名。
❷香茵：香墊。

【簡　析】

飲席勸酒之辭。詞中以花紅易衰，人生苦短為前提，滿足於玉笛紅燭、管絃美酒，枝技葉葉，滿眼春光，表現出酒筵上直露的熱情與豪爽。

夢江南

蘭燼❶落，屏上暗紅蕉❷。閒夢江南梅熟日❸，夜船吹笛雨蕭蕭❹，人語驛邊橋。

【注　釋】

❶蘭燼：蠟燭的餘燼結花如蘭，故稱。
❷紅蕉：指屏上所畫的美人蕉。
❸梅熟日：指江南五月初夏梅熟之時，即「梅雨天」。
❹蕭蕭：同「瀟瀟」，風雨交加之聲。

【簡　析】

這是一首思鄉之作，寫夢境中的江南故鄉。全詞勾畫出一幅江南夜雨圖，圖中有江南水鄉的夜船、篷背的雨聲、窗外的笛聲以及驛橋邊依依話別的濃情。因此，這思鄉之夢更使人留戀難忘。

其二

樓上寢，殘月下簾旌❶。夢見秣陵❷惆悵事，桃花柳絮滿江城，雙髻❸坐吹笙。

【注釋】

❶簾旌：即簾額，簾上所綴之短簾。

❷秣陵：金陵，今江蘇南京。

❸雙髻：少女的髮式。這裡代指少女。

【簡析】

也是寫夢境，寫法與前首相同，起首均從現實的夜景入手，接著寫夢境。夢中之景的溫馨、美好與現實生活中的孤寂、淒清形成對比，使人難以抑制惆悵之情。

采蓮子❶

菡(ㄏㄢˋ)萏(ㄉㄢˋ)❷香連十頃陂(ㄆㄧ)❸舉棹，小姑貪戲采蓮遲年少。晚來弄水船頭濕舉棹，更脫紅裙裹鴨兒年少❹。

【注釋】

❶《采蓮子》：唐教坊曲名。子是曲子的簡稱，與六朝樂府《采蓮曲》不同。皇甫松所寫二首《采蓮子》，七言四句，每句皆有和聲。

❷菡萏：荷花。

❸陂：水邊之堤岸。這裡指荷塘。

❹舉棹、年少：唱《采蓮曲》時的和聲。

【簡析】

十里荷塘，碧波之中，江南少女正在採蓮、嬉戲。全詞寫出江南純情少女貪玩的憨情。

其二

船動湖光灩(ㄧㄢˋ)灩❶秋舉棹，貪看年少信船流❷年少。無端隔水拋蓮子舉棹，遙被人知半日羞年少。

【注　釋】

❶灩灩：秋水明麗搖蕩貌。

❷信船流：任船流。

【簡　析】

寫江南少女採蓮時的生動場景。少女在採蓮、戲水時遇見意中人，衝動之下，將蓮子（憐子）拋向少年，而後臉上羞澀泛起。詞中不僅極富戲劇性地刻劃出情竇初開的江南少女形象，並以清新的風格，創造出富於自然之美的圖景。

韋莊二十二首

浣溪沙

清曉妝成寒食天，柳球❶斜嫋間花鈿，卷簾直出畫堂前。

指點牡丹初綻朵❷，日高猶自憑朱闌，含顰❸不語恨春殘。

【注　釋】

❶柳球：與下面的「花鈿」都是古代婦女的首飾。

❷綻朵：花朵開放。

❸顰：皺眉。含顰，指愁悶的樣子。

【簡　析】

寫少女懷春。上片以白描手法表現閨中女子的容貌；下片通過對景物和人物行動的渲染，描繪情竇初開的主人公所感受到的煩惱與失意。明寫惜春，暗寓懷人。

其二

欲上鞦韆四體慵，擬教人送又心忪（ㄓㄨㄥ）❶。畫堂簾幕月明風。

此夜有情誰不極❷，隔牆梨雪❸又玲瓏，玉容憔悴惹微紅❹。

【注釋】

❶忪：驚恐、心動不定的樣子。

❷極：達到的最高限度。

❸梨雪：梨花之白如雪。

❹微紅：淡淡的紅暈。指憔悴的面容因情動而泛起紅暈。

【簡析】

抒寫美人面對月夜美景所生發的感傷。

其三

惆悵夢餘山月斜，孤燈照壁背❶窗紗，小樓高閣謝娘❷家。

暗想玉容何所似，一枝春雪凍梅花，滿身香霧簇朝霞。

【注釋】

❶背：指人面壁望燈，背向紗窗。

❷謝娘：唐代有名的妓女。後用作美女的代稱。

【簡　析】

這是一首「寄興深微」的麗詞。上片寫「夢餘」所見所思；下片抒心中傾慕的美人。「暗想」後二句樹立了一種女性美的風範，反映出作者對女性朦朧之理想的追求，想像奇絕，亦真亦幻。

其四

綠樹藏鶯鶯正啼，柳絲斜拂白銅隄❶，弄珠❷江上草萋萋。
日暮飲歸何處客，繡鞍驄（ㄘㄨㄥ）馬❸一聲嘶，滿身蘭麝❹醉如泥。

【注　釋】

❶白銅隄：隄名。
❷弄珠：戲球。
❸驄馬：菊花青馬。
❹蘭麝：蘭草和麝香兩種香料。

【簡　析】

抒寫漂泊在外之遊子的離愁歸思。上片述遊子見芳草淒淒，引發離愁別緒；下片點出因鄉愁難耐而沉醉的情景。

其五

夜夜相思更漏殘，傷心明月憑闌干，想君思我錦衾寒❶。
咫尺畫堂深似海❷，憶來惟把舊書看❸，幾時攜手入長安？

【注　釋】

❶「想君」句：代對方想自己，更讓人覺得情真意切。
❷「咫尺」句：言相距雖近，眼力卻無法穿過畫堂，情人不能相見。
❸「憶來」句：言極度相思，只能看看舊時往來的書信。

【簡　析】

詞抒傷離惜別，暗寓作者對其愛姬的思念之情。「想君思我」句雖似懸想，實是一種心心相印的寫照，渲染了彼此間的深情。結句寫出主人公心中的熱望。全詞讀後餘音不盡，餘味無窮。

菩薩蠻

紅樓別夜堪惆悵，香燈半掩流蘇帳❶。殘月出門時，美人和淚辭。

琵琶金翠羽❷，絃上黃鶯語❸。勸我早歸家，綠窗人似花。

【注　釋】

❶流蘇帳：有飾物的帳子。

❷金翠羽：指琵琶上的裝飾。

❸「絃上」句：寫美人彈奏琵琶的聲音如黃鶯啼於弦上一般。

【簡　析】

回憶當年相別之夜，對當日的離情難以忘懷，其情其景，如在目前。上片寫出依依惜別之情；下片寫美人臨別的囑託。結句的「綠窗」與上片「紅樓」、「香燈」相應，使上下片連成一體。

其二

人人盡說江南好，遊人只合❶江南老。春水碧於天，畫船聽雨眠。壚（ㄌㄨˊ）邊人似月❷，皓腕凝雙雪。未老莫還鄉，還鄉須斷腸。

【注釋】

❶只合：只應、只當。

❷「壚邊」句：謂酒家女。壚，酒店裡以土砌成，用於放酒甕的地方。

【簡析】

此詞通過他人的口吻，道出江南之好，勸留遊子，從反面襯托出遊子有故鄉而不能歸返的苦衷。「春水」二句，描繪出一幅春江圖畫，極富詩意。詞末二句，表面說「莫還鄉」，實際蘊含著一片鄉思。詞中的江南是指蜀地。

其三

如今卻憶❶江南樂，當時年少春衫薄。騎馬倚斜橋，滿樓紅袖❷招。　翠屏金屈曲❸，醉入花叢宿。此度見花枝❹，白頭誓不歸。

【注　釋】

❶卻憶：回憶、回想。
❷紅袖：少女。此處指妓女。
❸金屈曲：指屏風上可折疊的環紐。
❹花枝：代指寵幸之人。

【簡　析】

敘遊冶江南的艷遇。「騎馬倚斜橋」、「滿樓紅袖招」二句，寫出江南如畫的風情，詞中人的春風得意與風流自賞。結句道出今日的淒楚。

其四

勸君今夜須沉醉，樽前莫話明朝事。珍重主人心，酒深情亦深。

須愁春漏短❶，莫訴金杯滿❷。遇酒且呵呵❸，人生能幾何！

【注釋】

❶春漏短：春夜苦短。

❷「莫訴」句：不要對人說，酒杯斟滿了。

❸呵呵：笑聲。

【簡析】

詞抒人生苦短的感嘆。

其五

洛陽城裡春光好，洛陽才子❶他鄉老。柳暗魏王隄❷，此時心轉迷❸。 桃花春水淥（ㄌㄨˋ），水上鴛鴦浴。凝恨對殘暉，憶君君不知。

【注　釋】

❶洛陽才子：作者自比。

❷魏王隄：洛陽名勝之一。隄上多植楊柳。

❸心轉迷：心更迷。

【簡　析】

抒發洛陽春光在心中留下的深刻印象。回憶當年洛陽的滿城春色，感嘆今日滿心的淒迷悵惘，從回憶轉到現實，層層深入；末句點出離人永隔之相思。前人以為此詞有留蜀而思唐之意。

歸國遙

春欲暮，滿地落花紅帶雨❶。惆悵玉籠鸚鵡，單棲無伴侶。

南望去程何許❷？問花花不語。早晚❸得同歸去，恨無雙翠羽。

【注　釋】

❶紅帶雨：言花落如雨。

❷何許：多少。

❸「早晚」兩句：言極願偕歸，只恨肩上不生雙翼。

【簡　析】

思人懷鄉之作。上片寫鸂鶒獨棲，喻自己獨在異鄉；下片渲染了作者急於歸鄉的情緒。

其　二

金翡翠❶，為我南飛傳我意。罨畫❷橋邊春水，幾年花下醉。

別後只知相愧，淚珠難遠寄。羅幕繡帷鴛被，舊歡如夢裡。

【注　釋】

❶金翡翠：即翠鳥、青鳥。這裡借用青鳥為西王母與漢武帝傳遞書信的故事，代指傳書的使者。

❷罨（一ㄢˇ）畫：彩色畫。這裡用來形容風景。

【簡析】

藉男女的歡情，抒發對故國的眷戀，以昔日的歡樂，映照今日的苦悶，用過去的大好春光，襯托現實的淒涼。下片進一步傾吐了相憶之苦、相思之深。

其三

春欲晚，戲蝶游蜂花爛熳。日落謝家池館❶，柳絲金縷斷❷。

睡覺綠鬟風亂，畫屏雲雨❸散。閒倚博山❹長歎，淚流沾皓腕。

【注釋】

❶謝家池館：代指青樓妓館。

❷金縷斷：柳枝折斷。喻故人遠別。

❸雲雨：男女合歡的代稱。

❹博山：指香爐。

【簡　析】

描摹青樓女子的怨思。上片寫她與冶遊之人的戀情；下片敘別後的追憶。

應天長

綠槐陰裡黃鶯語，深院無人春晝午。畫簾垂，金鳳舞❶，寂寞繡屏香一炷ㄓㄨˋ。　碧天雲，無定處❷，空有夢魂來去。夜夜綠窗風雨，斷腸君信否？

【注　釋】

❶金鳳舞，指簾上所畫的金鳳在微風中輕舞。

❷「碧天」二句：借喻所憶之人如白雲般飄忽不定。

【簡　析】

表述女子對情人的思念。上片描繪閨閣內的環境，渲染出一種冷清、寂聊的氣氛，以襯閨中女子的孤獨與愁苦；下片著重抒寫她對情人的懷念。前人認為，此詞係作者留蜀後思君之作。

其二

別來半歲音書絕，一寸離腸千萬結。難相見，易相別，又是玉樓花似雪❶。　暗相思，無處說，惆悵夜來煙月。想得此時情切，淚沾紅袖黦（ㄩㄝˋ）❷。

【注　釋】

❶花似雪：指梨花白如雪。意味著又是一春。

❷紅袖黦：黦，黃黑色。指紅袖上的淚斑。

【簡　析】

寫情人別後相憶。上片述女子離腸百結；下片著重點出女子對遠方情人的日夜相思之情。言盡而情不盡。

荷葉杯

絕代佳人難得，傾國，花下見無期。一雙愁黛遠山眉❶，不忍更思惟。

閒掩翠屏金鳳，殘夢，羅幕畫堂空❷。碧天無路信難通，惆悵舊房櫳❸。

【注釋】

❶遠山眉：古代婦女眉妝的一種。

❷「羅幕」句：指人已離去，空有羅幕畫堂而已。

❸房櫳：房的通稱。「碧天」二句，喻歎惋人去樓空。

【簡析】

作者思念舊姬之作。上片回憶她的妝容；下片寫作者面對舊樓，觸發人去樓空的感慨。傳說此姬得韋詞讀之，不食而死。

其二

記得那年花下，深夜，初識謝娘❶時。水堂❷西面畫簾垂，攜手暗相期❸。惆悵曉鶯殘月，相別，從此隔音塵。如今俱是異鄉人，相見更無因❹。

【注　釋】

❶謝娘：指所思念的人。

❷水堂：臨水之堂。

❸相期：相約。

❹「相見」句：言更無緣相見。

【簡　析】

傷今懷昔之作。上片寫兩人初識相約；下片述別後懷念之情。全詞情景逼真，語淺情深。

清平樂

春愁南陌，故國音書隔。細雨霏霏梨花白，燕拂畫簾金額❶。盡日相望王孫❷，塵滿衣上淚痕。誰向橋邊吹笛，駐馬❸

西望銷魂。

【注　釋】

❶金額：以黃金為飾的簾額或金製匾額。

❷王孫：古代貴族子弟的通稱。此處指遊子。

❸駐馬：停馬。

【簡　析】

寫遊子鄉思。上片抒面對春景觸發的故國之思；下片述由笛聲引發的離愁別緒。

其二

野花❶芳草，寂寞關山道。柳吐金絲鶯語早，惆悵香閨暗老。

羅帶悔結同心❷，獨憑朱闌思深。夢覺半床斜月，小窗風觸鳴琴。

【注　釋】

❶「野花」兩句：寫遠人遊處之景。關山道，遠人所行之處。

❷「羅帶」句：言若早知有別離之苦，就不該結下同心。

【簡　析】

傷春懷人之作。上片述思婦的想像，點明惆悵的原因，隱寓自己的孤寂，感嘆盛年虛度；下片表明相思之苦。詞中言悔恨錯結同心，實為一時激憤之語，而非決絕之辭。亦寓故國之思。

其　三

何處遊女❶，蜀國多雲雨。雲解有情花解語，窣地❷繡羅金縷。

妝成不整金鈿❸，含羞待月鞦韆。住在綠槐陰裡，門臨春水橋邊。

【注　釋】

❶遊女：出遊之女。

❷窣地：拂地。

❸金鈿：花鈿。古時女子的首飾。

【簡　析】

描寫民間遊女的浪漫生活。

其　四

鶯啼殘月，繡閣香燈滅❶。門外馬嘶郎欲別，正是落花時節。　妝成不畫蛾眉❷，含愁獨倚金扉❸。去路香塵莫掃，掃即郎去歸遲。

【注　釋】

❶「鶯啼」兩句：破曉才滅燈。喻通宵未眠。

❷不畫蛾眉：言自離別之後，無心畫眉。

❸金扉：金飾之門。

【簡　析】

上片寫別時情景，「鶯啼殘月」、「落花時節」點出離別的時間，使人備覺淒然；下片述別後情景，「不畫蛾眉」、「香塵莫掃」，極摹思念之苦。

望遠行

欲別無言倚畫屏，含恨暗傷情。謝家庭樹錦雞鳴，殘月落邊城❶。　人欲別，馬頻嘶，綠槐千里長隄。出門芳草路萋萋，雲雨別來易東西。不忍別君後，卻入舊香閨。

【注　釋】

❶「謝家」兩句：寫臨別之夜，倚屏無言至月落；因見月落，聯想丈夫將去的邊塞。錦雞，此處是對鳴雞的美稱。

【簡　析】

寫離別之情。上片述臨別之夜；下片抒清晨分別時令人感傷的場景與離愁難耐的心情。

卷二

五十首

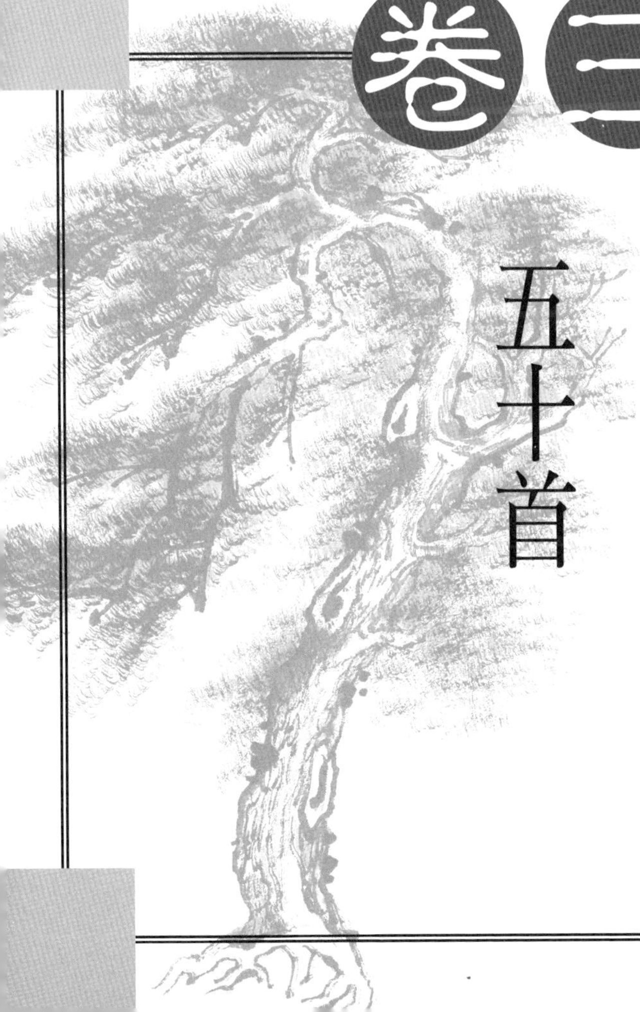

韋莊二十六首

謁金門

春漏❶促，金燼❷暗挑殘燭。一夜簾前風撼竹，夢魂相斷續。

有個嬌嬈❸如玉，夜夜繡屏孤宿。閒抱琵琶尋舊曲，遠山眉黛綠。

【注　釋】

❶春漏：春夜之漏刻。

❷金燼：金燈的餘燼。

❸嬌嬈：形容女子的柔美嫵媚。此處指美女。

【簡　析】

寫閨中女子的孤寂。「夜夜繡屏孤宿」、「閒抱琵琶尋舊曲」二句，將女子的淒涼與無聊描摹得歷歷在目，惹人憐惜。

其二

空相憶，無計得傳消息。天上嫦娥人不識，寄書❶何處覓。

新睡覺來無力，不忍把伊書跡。滿院落花春寂寂，斷腸芳草碧。

【注釋】

❶寄書：捎信。

【簡析】

寫思念某女子之苦。上片描繪無數回憶，由此產生渴望與意中人傳寄書信的痴情；下片述思極而睡，醒來不忍再讀伊人舊情書的愁緒。

江城子

恩重嬌多情易傷，漏更長，解鴛鴦❶。朱唇未動，先覺口脂香。緩揭繡衾抽皓腕，移鳳枕，枕潘郎❷。

【注　釋】

❶解鴛鴦：指解去鴛鴦帶。

❷潘郎：晉朝潘岳「美秀為郎」。後人因之稱美男子為潘郎。

【簡　析】

寫男女歡愛的深情。

其　二

髻鬟狼籍❶黛眉長，出蘭房❷，別檀郎❸。角聲嗚咽，星斗漸微茫❹。露冷月殘人未起，留不住，淚千行。

【注　釋】

❶狼籍：散亂的樣子。

❷蘭房：香閨。

❸檀郎：情郎的代稱。

❹微茫：隱約之光。

【簡析】

寫情侶歡會後的別離。詞中以殘妝、號角、冷露、殘月渲染淒淒離情。

河傳

何處，煙雨，隋隄❶春暮，柳色蔥蘢。畫橈(ㄋㄠˊ)金縷，翠旗高颭(ㄓㄢˇ)香風，水光融。

青娥殿腳❷春妝媚，輕雲裡，綽約司花妓❸。

江都宮闕，清淮月映迷樓❹，古今愁。

【注釋】

❶隋隄：隋煬帝開運河，沿途築隄，世稱「隋隄」。

❷青娥殿腳：指為隋煬帝牽羊挽舟的美女。

❸司花妓：隋代女官。

❹迷樓：隋煬帝所建；在今江都縣西北。

【簡析】

詠調名本意，敘隋煬帝開運河南遊時的盛況。前十句以華麗的詞藻追述煬帝乘龍舟幸遊揚州的盛景。結尾處，作者用化實為虛的手法，抒發其對古今盛衰的感慨。

其二

春晚，風暖，錦城❶花滿，狂殺遊人。玉鞭金勒❷，尋勝❸馳驟輕塵，惜良晨。　翠娥爭勸臨邛酒❹，纖纖手，拂面垂絲柳。歸時煙裡，鐘鼓正是黃昏，暗銷魂。

【注釋】

❶錦城：今四川成都。

❷玉鞭金勒：華貴的車馬。勒，馬絡頭。

❸「尋勝」句：謂縱馬賞春。

❹臨邛酒：指卓文君賣酒一事。臨邛，今四川邛崍。

【簡　析】

詠成都花市盛況，映照出成都的節令風物和當地習俗。

其　三

錦浦❶，春女❷，繡衣金縷。霧薄雲輕，花深柳暗，時節正是清明，雨初晴。

玉鞭魂斷煙霞路，鶯鶯語，一望巫山雨❸。香塵隱映，遙見翠檻紅樓，黛眉愁。

【注　釋】

❶錦浦，錦江之濱。
❷春女：懷春之女。
❸巫山雨：指宋玉《高唐賦》中所述巫山雲雨之事。

【簡　析】

詠成都春日風情。上片敘錦江之濱的明麗風光與春遊女子；下片為主人公對往日一段戀情的回憶，結尾寫出對逝去的舊情不可追尋的惆悵。

天仙子

悵望前回夢裡期❶，看花不語苦尋思。露桃花裡小腰肢，眉眼細，鬢雲垂，惟有多情宋玉知❷。

【注　釋】

❶夢裡期：夢中相會。

❷「惟有」句：宋玉有《神女賦》、《登徒子好色賦》，極寫女子美色。故言女子之美，惟有宋玉能知之。

【簡　析】

這是一首男子回憶舊日情人的詞。詞中極力描寫記憶中情人的美貌，抒發了相思與惆悵之情。

其　二

深夜歸來長酩酊❶，扶入流蘇❷猶未醒，醺醺酒氣麝蘭和。驚睡覺，笑呵呵，長道人生能幾何。

【注釋】

❶酩酊：大醉。

❷流蘇：指流蘇帳。

【簡析】

述當時文人的逸樂之狀，是西蜀文人沉醉歌樓酒館，痛享現世人生的生活寫照。

其三

蟾彩❶霜華夜不分，天外鴻聲枕上聞，繡衾香冷懶重熏。人寂寂，葉紛紛，纔睡依前夢見君❷。

【注　釋】

❶蟾彩：月光。

❷「才睡」句：因思君而長夜難眠；一入睡，又夢君至。依前：依舊、如前。

【簡　析】

寫思婦懷人。詞中描摹秋天的清冷景象，襯托思婦心境的淒清、孤寂。言外露故君之思。

其　四

夢覺雲屏依舊空，杜鵑聲咽隔簾櫳，玉郎薄倖❶去無蹤。一日日，恨重重，淚界蓮顋（ㄙㄞ）兩線紅。

【注　釋】

❶薄倖：薄情、負心。

【簡　析】

這是一首女子思念情人的詞。詞中所擬的相思女子，是詞人韋莊思念的故姬。「薄倖」一句，是故姬對他屈服於命運之安排的怨恨。結句用重疊字表達，寫她自己失去情人後那種無可奈何又難以斷絕的沉痛之情。

其五

金似衣裳玉似身，眼如秋水鬢如雲，霞裙月帔（ㄆㄟˋ）❶一群群。來洞口❷，望煙分，劉阮不歸❸春日曛（ㄒㄩㄣ）。

【注釋】

❶露裙月帔：裙、帔，均為婦女的服裝。帔，帔肩。露裙月帔，指織出朝霞、月華的服飾。

❷來洞口：指仙洞之口。

❸劉阮不歸：指劉晨、阮肇入天台山採藥遇仙女之事。

【簡析】

詠調名原意。作者以濃艷的筆墨，描繪出仙女的容貌與行蹤。

喜遷鶯

人洶洶❶，鼓鼕鼕（ㄉㄨㄥ），襟袖五更風。大羅天❷上月朦朧，騎馬上虛空。

香滿衣，雲滿路，鸞鳳❸繞身飛舞。霓（ㄋㄧˊ）旌（ㄐㄧㄥ）絳（ㄐㄧㄤˋ）節一群群，引見玉華君❹。

【注釋】

❶「人洶洶」句：謂人聲喧嘩、鼓樂齊鳴。喻應舉得中。

❷大羅天：道家以大羅天為最高天。此處指朝廷。

❸鸞鳳：代指繡有鸞鳳之花紋的朝衣。

❹玉華君：道家天帝。此處代指皇帝。

【簡析】

「春風得意馬蹄急。」應試得中，一朝成名天下知，怎不得意？

其二

街鼓動，禁城❶開，天上探人回❷。鳳銜金牓（ㄅㄤˇ）出雲來，平地一聲雷。

鶯已遷，龍已化❸，一夜滿城車馬。家家樓上簇神仙❹，爭看鶴沖天。

【注　釋】

❶禁城：皇城。指皇帝所居之地。

❷「天上」句：謂應考的舉人入朝看榜歸來。

❸鶯已遷，龍已化：與下文「鶴沖天」，都是比喻應試得中之人。

❹神仙：此處指佳人。

【簡　析】

詠調名原意，寫應試得中，金榜題名的盛況，表現出一種心花怒放、志得意滿的激情。

思帝鄉

雲髻墜，鳳釵垂。髻墜釵垂無力，枕函欹❶。翡翠屏深月落，漏依依❷；説盡人間天上，兩心知❸。

【注　釋】

❶枕函欹：枕套歪向一邊。

❷漏依依：形容漏刻緩慢。

❸「人間天上」句：謂誓約。喻盟誓雖已說盡，空有兩心相知。

【簡　析】

寫閨怨。可以想像，詞中女子與她的情人一定經歷過一段恩愛甜蜜的日子，也曾經海誓山盟。然而，如今竟音信杳杳。前六句描寫女子面屏孤眠的情景；後二句回憶美好的時光，怨情人不歸。前人以為此首托為綺詞，實為思唐之作。

其　二

春日遊，杏花吹滿頭。陌上誰家年少，足風流。妾擬將身嫁與，一生休❶。縱被無情棄，不能羞。

【注　釋】

❶一生休：了此一生。

【簡　析】

寫一位女子遊春時，對一個風流多情男子的嚮往和期待。前兩句以八個字刻劃出女子在融融春光中萌發了追尋意中人的春心；接著道出女子擇人許身的願望；結句寫出了她為愛情不惜代價，終身不悔的決心。

訴衷情

燭燼香殘❶簾半掩，夢初驚。花欲謝，深夜，月朧明。何處按歌聲，輕輕。舞衣塵暗生❷，負春情。

【注　釋】

❶蠟燼香殘：燭與香燃盡，意味著夜已深。

❷塵暗生：謂久不起舞，因而舞衣生塵。

【簡　析】

描寫一位女子在暮春之夜，遙聞歌舞之聲，觸發感傷。「負春情」一句，道出自己辜負春光，青春虛度的惋嘆。

其二

碧沼紅芳煙雨靜，倚蘭橈（ㄋㄠˊ）。垂玉珮，交帶❶，嫋（ㄋㄧㄠˇ）纖腰。鴛夢隔星橋❷，迢迢。越羅❸香暗銷，墜花翹（ㄑㄧㄠˊ）❹。

【注　釋】

❶交帶：結帶。

❷星橋：鵲橋。

❸越羅：越地所織的羅。此處指羅衣美人。

❹花翹：鳥尾羽毛所製的頭飾。

【簡　析】

寫相思之情。主述美人碧波泛舟，顧影自憐；結尾點出她相思而難以相逢的無奈。

上行杯

芳草灞陵❶春岸，柳煙深，滿樓絃管，一曲離聲腸寸斷。

今日送君千萬❸，紅縷玉盤金鏤盞。須勸，珍重意，莫辭滿。

【注　釋】

❶灞陵：地名，在陝西長安。

❷千萬：此處言情意之多。

【簡　析】

離情雖然難耐，但友人的殷殷深情沖淡了這份離愁別緒。

其　二

白馬玉鞭金轡（ㄆㄟˋ）❶，少年郎，離別容易，迢遞去程千萬里。

惆悵異鄉雲水，滿酌一杯勸和淚❷。須愧，珍重意，莫辭醉。

【注釋】

❶玉鞭金轡：轡，馬韁繩。金、玉形容馬鞭、韁繩的講究。

❷勸和淚：和淚勸。這裡是為押韻需要而倒寫。

【簡析】

以上二首詞均寫送別。與前一首相比，這一首充滿淒清的離情，有惆悵不盡之意。

女冠子

四月十七，正是去年今日，別君時。忍淚佯（一ㄤˊ）❶低面，含羞半斂眉。

不知魂已斷，空有夢相隨。除卻天邊月，沒人知。

【注　釋】

❶佯：假裝。

❷斂眉：皺眉。

【簡　析】

韋莊《女冠子》二首為聯章體，寫男女雙方在同一個月夜，夢中相思相遇。這是第一首，寫女子夢中追憶去年今日與情人離別時的依依之情，追述了深蘊心頭，無人得知的相思之苦。

其　二

昨夜夜半，枕上分明夢見，語多時。依舊桃花面❶，頻低柳葉眉。

半羞還半喜，欲去又依依。覺來❷知是夢，不勝ㄕㄥ悲。

【注　釋】

❶「依舊」句：用唐代詩人崔護的故事。舊時文人以此指所愛慕而不能再見的女子。

❷覺來：醒後。

【簡　析】

這一首說男方夢中情景。從綿綿情話開始，到依依惜別為止，恩愛纏綿，充滿柔情蜜意。「覺來」二句寫正當兩情繾綣之際，夢醒了，跌回嚴酷的現實，依舊是形單影隻，孤棲獨宿。

更漏子

鐘鼓寒，樓閣暝❶，月照古桐金井❷。深院閉，小庭空，落花香露紅。　煙柳重，春霧薄，燈背水窗高閣。閒倚戶，暗霑衣，待郎郎不歸。

【注　釋】

❶暝：晦、昏暗。

❷金井：以銅為欄的井。

❸水窗：臨水之窗。

【簡　析】
寫夜間情事。上片描繪出一片冷落空寞的景色；下片述樓中人終夜等候而情人不至的淒苦。「落花香霧紅」明寫落花，暗喻自己遭人遺棄。

酒泉子

月落星沉，樓上美人春睡。綠雲❶傾，金枕膩❷，畫屏深。
子規啼破相思夢，曙色東方才動。柳煙輕，花露重，思難任❸。

【注　釋】
❶綠雲：指美人的髮髻。
❷膩：光滑。
❸思難任：不堪離思。

【簡　析】

寫美人春夜相思。詞中，美人春夜獨宿，與情人相會夢中，卻被不作美的子規叫醒。表現了相思人無奈的苦相思。

木蘭花

獨上小樓春欲暮，愁望玉關❶芳草路。消息斷，不逢人，卻斂細眉歸繡戶。　坐看落花空歎息，羅袂❷濕斑紅淚滴。千山萬水不曾行，魂夢欲教何處覓。

【注　釋】

❶玉關：玉門關。這裡泛指邊地。

❷羅袂：羅袖。

【簡　析】

寫少婦思念遠在邊地的丈夫。「千山萬水不曾行，魂夢欲教何處覓」二句，寫有情人相距太遙遠，以至於夢中也難以相聚。

小重山

一閉昭陽❶春又春，夜寒宮漏永❷，夢君恩。臥思陳事❸暗銷魂，羅衣濕，紅袂有啼痕。　歌吹隔重闇，繞庭芳草綠，倚長門。萬般惆悵向誰論？凝情❹立，宮殿欲黃昏。

【注　釋】

❶閉昭陽：喻失寵。
❷宮漏永：指夜長。
❸陳事：以往承受君恩之舊事。
❹凝情：一往而深之情，亦即癡情。

【簡　析】

寫「宮怨」。深宮幽恨，淒婉絕倫。

薛昭蘊十九首

浣溪沙

紅蓼❶渡頭秋正雨，印沙鷗跡自成行，整鬟飄袖野風香。

不語含顰深浦裡，幾回愁煞棹船郎❷，燕歸帆盡水茫茫。

【注釋】

❶紅蓼：一種水草，花淡紅色，生於水邊。

❷棹船郎：駕船工。

【簡析】

寫別情。上片述送別時渡口紅蓼白鷗、秋雨陣陣的景色；下片敘船上人與送行人的離情。

其二

鈿匣菱花❶錦帶垂，靜臨蘭檻卸頭❷時，約鬟低珥(ㄦˇ)❸算歸期。
茂苑❹草青湘渚(ㄓㄨˇ)闊，夢餘空有漏依依，二年終日損芳菲。

【注釋】

❶「鈿匣菱花」句：鈿匣，指嵌金之匣。菱花，菱花鏡。錦帶，繫於菱花鏡上的帶子。

❷卸頭：即卸妝；卸去頭上的頭飾。

❸約鬟低珥：低環其髮，至於珥璫。

❹茂苑：即長洲茂苑，在今江蘇吳縣太湖北。

【簡析】

寫初別之情。上片敘佳人送別情人後回到閨閣中，估算心上人的歸期；下片述入睡後的夢境，「茂苑草青湘渚闊」句，暗示了好夢難圓，歸期渺茫。

其三

粉上依稀有淚痕，郡庭❶花落欲黃昏，遠情深恨與誰論？

記得去年寒食❷日，延秋門❸外卓金輪❹，日斜人散暗銷魂。

【注　釋】

❶郡庭：郡署之庭。

❷寒食：節令名。

❸延秋門：唐時長安的西門。

❹卓金輪：猶言停車。卓，立。

【簡　析】

女子於去年寒食，在長安門外送走自己的情人，不禁芳心破碎，從此相思之情不斷。然而，「遠情深恨」，又無法說與他知。上片寫結果，下片寫原因。

其　四

握手河橋柳似金❶，蜂鬚輕惹百花心，蕙風蘭思❷寄清琴。

意滿便同春水滿，情深還似酒杯深❸，楚煙湘月❹兩沉沉。

【注　釋】

❶柳似金：春柳嫩黃似金。

❷蕙風蘭思：形容女子美好的風度和情懷。蘭、蕙，均為香草。

❸「意滿」二句：言重逢之意猶如上漲的滿江春水，一腔深情好似滿盈樽酒。

❹楚煙湘月：指男女分處兩地。

【簡　析】

以比興手法寫重逢之情。詞的開頭，敘女子因見蜜蜂輕惹花心而興起歡情，於是在相會中寄情於琴。「意滿便同春水滿，情深還似酒杯深」，表示相聚時的歡樂，對仗工整，詞句清麗。結尾點明兩地分離如同楚煙湘月，意即相會短暫，流露出淡淡的哀愁。全詞因作者善於比興鋪陳，顯得流麗酣暢，給人絕美的享受。

其　五

簾下三間出寺牆❶，滿街垂柳綠陰長，嫩紅輕翠間濃妝。

瞥地❷見時猶可可❸，卻來閒觸暗思量，如今情事隔仙鄉。

【注　釋】

❶寺牆：指道庵。

❷瞥地：瞥然；隨便看一眼。

❸可可：言不盡意。

【簡　析】

滿街春光春色撩動出家女道士的塵心，使她情不自禁地走出寺院，走向喧鬧的街市。這首詞寫女道士的感情生活。「瞥地見時猶可可」三句，將女道士春心不泯的心理狀態描繪得十分真切。

其　六

江館清秋纜❶客船，故人相送夜開筵，麝煙蘭燄簇花鈿❷。

正是斷魂迷楚雨，不堪離恨咽湘絃❸，月高霜白水連天。

【注　釋】

❶纜：船纜。纜客船，指泊船待發。

❷「麝煙」句：寫離筵上香霧繚繞，花鈿珠翠、麗人簇聚的盛況。

❸「不堪」句：用湘靈鼓瑟之事喻離愁。

【簡　析】

離別詞。上片寫主人情重，盛筵相送，席間蘭麝香濃，佳麗簇簇，弦歌不綴；下片點出客人心中的離情。這首詞以樂事寫哀情，更見別情沉重。

其七

傾國傾城❶恨有餘，幾多紅淚泣姑蘇❷，倚風凝睇雪肌膚。
吳主❸山河空落日，越王宮殿半平蕪，藕花菱蔓滿重湖❹。

【注　釋】

❶傾國傾城：喻絕代佳人。這裡實指西施。
❷姑蘇：山名，在今江蘇蘇州市西南。山上有姑蘇臺。傳春秋之際，吳王夫差藏美女西施於臺上，曰館娃宮。
❸吳主：指吳王夫差。
❹重湖：指太湖。

【簡　析】

懷古之作。通過對吳越爭霸史的吟味，表明了對晚唐王朝的憂慮。上片寫西施遺恨；下片抒詞人眼前所見所感。這首詞與花間詞人多詠兒女之情的詞風迥異，具有一定的思想意義。

其八

越女淘金春水上，步搖❶雲鬟珮鳴璫❷，渚風江草又清香。
不為遠山凝翠黛，只應含恨向斜陽，碧桃花謝憶劉郎❸。

【注　釋】

❶步搖：一種首飾，行走時發出響聲。
❷鳴璫：玉佩聲。
❸劉郎：借用劉晨、阮肇採藥遇仙女的典故，喻淘金女的意中人。

【簡　析】

寫江南女子春日淘金的風情，道出她對意中人的追思。

喜遷鶯

殘蟾落，曉鐘鳴，羽化❶覺身輕。乍無春睡有餘酲❷，杏苑雪初晴。

紫陌❸長，襟袖冷，不是人間風景。回看塵土似前生，休羨谷中鶯❹。

【注　釋】

❶羽化：修道成仙謂之羽化。此處喻應試得中。

❷餘酲：餘醉。

❸紫陌：京城之道路。唐時進士及第，有同年宴之曲江，尋春紫陌的習俗。

❹谷中鶯：即鶯未出谷。這裡喻隱居者。

【簡　析】

上片寫「仕」，下片寫「隱」，末句表明主人公的價值觀：不羨慕隱居者。只有積極入世，才是自己的追求。

其二

金門❶曉，玉京春，駿馬驟輕塵。樺（ㄏㄨㄚˋ）煙深處白衫新❷，認得化龍❸身。九陌喧，千戶啓❹，滿袖桂香風細。杏園歡宴曲江濱，自此占芳辰。

【注　釋】

❶金門：前面雕鑄金馬的大門。

❷「樺煙」句：喻朝廷內新增穿白衫之登第秀士。樺煙，樺燭之煙。「樺煙深處」指朝廷。白衫，唐時便服，士子多服之。

❸化龍：喻登第。

❹「九陌」兩句：登第時街道喧嘩，千門洞開的盛況。

【簡　析】

古人以金榜題名為最大心願。這首詞充分表現了士子應試得中後感受到的種種榮耀風光。

其三

清明節，雨晴天，得意正當年。馬驕泥軟錦連乾（ㄑㄧㄢˊ）❶，香袖半籠鞭。花色融，人競賞，盡是繡鞍朱鞅❷。日斜無計更留連❸，歸路草和煙。

【注釋】

❶錦連乾：連乾，本作「連錢」，意為馬飾。

❷朱鞅：朱色馬頸革。

❸留連，不忍離去。

【簡析】

「喜遷鶯」三首為聯章，寫應試得中後的愉悅。第一首述初知應試得中，頓覺輕鬆、興奮的心情；第二首敘新科登第的盛況與杏園歡宴的情景；第三首描繪清明時節的踏青冶遊。

小重山

春到長門❶春草青，玉階華露滴，月朧明。東風吹斷紫簫聲，宮漏促，簾外曉鶯啼。愁極夢難成，紅妝流宿淚，不勝情。手挼（ㄋㄨㄛˊ）❷裙帶繞階行，思君切，羅幌❸暗塵生。

【注釋】

❶長門：漢宮殿名。漢武帝的皇后陳阿嬌得寵時妒忌成性，因而失寵，退居長門。後多以長門代指失寵、被遺棄的婦女。

❷手挼：手揉。

❸幌：帷幔。

【簡析】

細致地寫出女子的縷縷悲絲，道出宮女在閨中思念君王，任由時光流逝的況味，心酸又無奈。

其二

秋到長門秋草黃，畫梁雙燕去，出宮牆。玉簫無復理霓裳

❶，金蟬墜，鸞鏡掩休妝。憶昔在昭陽❷，舞衣紅綬帶，繡鴛鴦。至今猶惹御爐香，魂夢斷，愁聽漏更長。

【注釋】

❶霓裳：即《霓裳羽衣曲》。

❷昭陽：昭陽殿。

【簡析】

以上二首為聯章，均寫宮怨。此首敘秋日時節，眼見燕子雙雙飛去，引發韶光又逝的哀思。結句實是宮中嬪妃不可避免的人生悲劇。

離別難

寶馬曉鞴（ㄅㄟˋ）雕鞍❶，羅帷乍別情難。那堪春景媚，送君千萬里，半妝❷珠翠落，露華寒。紅蠟燭，青絲❸曲，偏能鉤引淚闌干。

良夜促，香塵綠，魂欲迷，檀眉❹半斂愁低。未別，心先咽，欲語情難說。出芳草，路東西。搖袖立，春風急，櫻花楊柳雨淒淒。

【注　釋】

❶「寶馬」句：寫清晨駕馬而別。
❷半妝：妝飾草率。
❸青絲：喻弦樂器。青絲曲，指彈奏離別之曲。
❸檀眉：婦女眉旁的暈色。

【簡　析】

寫情侶離別時難捨難分的情思。與《花間集》中其它詞相比，這首詞頗具特色。其一，詞調最長（長達87字）；其二，短句多；其三，用韻錯雜。因為有以上幾個特點，所以全詞在韻律、節奏上顯得音繁節促，拗多順少，造成了「情未訴，心先咽」的效果，深刻地映襯著離情的表述。

相見歡

羅襦繡袂❶香紅，畫堂中。細草平沙番馬，小屏風❷。卷羅幕，憑妝閣，思無窮。暮雨輕煙❸魂斷，隔簾櫳。

【注釋】

❶羅襦繡袂：指衣袖繡上花紋的絲羅短襖。

❷「細草」句：描述小屏風上所繪之畫。平沙，平坦的沙漠。

❸暮雨輕煙：指簾外之景色。

【簡析】

在一幅繪著塞外風光的小屏風前，面對著細草、平沙、番馬，閨中人難耐對邊塞征人的思念。「暮雨輕煙」結句，極言孤寂。

醉公子

慢綰（ㄨㄢˇ）❶青絲髮，光砑（ㄧㄚˋ）❷吳綾襪。床上小熏籠，韶州新退紅❸。

叵（ㄆㄛˇ）耐無端處，撿得從頭污。惱得眼慵開，問人閒事來。

【注　釋】

❶慢綰：指隨意纏束的髮式。

❷光研：即研光。以石摩擦絲織物，使其發光。

❸退紅：唐時一種色料的名稱。

【簡　析】

寫閨中人的怨別之思。上片描繪閨中人的服飾及室內陳設；下片敘述她的一系列情態，以抒發這種無奈的思緒。

女冠子

求仙去也，翠鈿（ㄉㄧㄢˋ）金篦（ㄅㄧˋ）盡舍。入崖巒❶，霧卷黃羅帔（ㄆㄟ）❷，雲雕白玉冠❸。

野煙溪洞冷，林月石橋寒。靜夜松風下，禮天壇❹。

【注　釋】

❶崖巒：山崖蜂巒。這裡指女道士所入道觀的位置。

❷黃羅帔：指女道士身上的黃色絲羅披肩。

❸白玉冠：女道士頭上所戴的帽子。

❹天壇：拜天之壇。

【簡　析】

寫女道士清寂超脫的生活。

其　二

雲羅霧縠（ㄏㄨˊ）❶，新授明威法籙（ㄌㄨˋ）❷。降真函，髻綰青絲髮，冠抽碧玉篸（ㄗㄢ）。

往來雲過五，去住島經三❹。正遇劉郎使，啓瑤緘（ㄐㄧㄢ）❺。

【注　釋】

❶雲羅霧縠：絲羅織物。

❷法籙：道家圖籍。

❸「往來」句：言行蹤。「五」、「三」均為概數。

❹啟瑤緘：拆閱使者所投的書緘。

【簡　析】

以上二首《女冠子》均詠本調。前一首寫女子入觀初為女道士時內心所感到的孤寂與清冷；後一首敘女道士主持宗教儀式（法事）的情景與平日的行蹤。

謁金門

春滿院，疊損❶羅衣金線。睡覺水晶簾未卷，簷前雙語燕。

斜掩金鋪❷一扇，滿地落花千片。早是相思腸欲斷，忍教頻夢見❸。

【注　釋】

❶疊損：折壞。

❷金鋪：門上銜環的銅質底盤，作龍蛇獸面狀，飾以金。

❸「忍教」句：怎受得了常夢見他。

【簡析】

寫閨婦春日相思。結尾二句，將「相思」與「夢見」化作兩層，因而使常見的「相思斷腸」題材顯得波瀾起伏，更見新意。

牛嶠　五首

楊柳枝

解凍風❶來末上青❷，解垂羅袖拜卿卿❸。無端嫋娜臨官路❹，

舞送行人過一生。

【注釋】

❶解凍風：指東風。

❷末上青：指楊柳末梢抽條返青。

❸「解垂」句：言柳枝飄動，如向友人行禮。卿卿，稱呼朋友。

❹官路：即官修之路。

【簡　析】

詠本調，描摹楊柳枝條搖曳裊娜的形象，道出它「舞送行人過一生」的淒惋命運，極富寓意。

其　二

吳王宮❶裡色偏深❷，一簇纖條萬縷金。不憤錢塘蘇小小，引郎松下結同心❸。

【注　釋】

❶吳王宮：指吳王夫差所築的宮殿。

❷色偏深：寫柳多而色濃的景象。

❸「引郎」句：古詩《小小歌》：「何處結同心，西陵松柏下。」此處係化用此詩。

【簡　析】

寫吳宮之柳，抒發宮中女子的幽怨。

其三

橋北橋南千萬條，恨伊張緒❶不相饒。金羈❷白馬臨風望，認得羊家靜婉❸腰。

【注釋】

❶張緒：《南史・張緒傳》：「劉悛之為益川，獻蜀柳數株，枝條甚長，狀若絲縷。時舊宮芳林苑始成，武帝以植於太昌靈和殿前，常賞玩咨嗟，曰：『此楊柳風流可愛，似張緒當年時。』」張緒，南齊吳郡人，齊武帝時官至國子祭酒。

❷金羈：華麗的馬絡頭。

❸羊家靜婉：《南史・羊侃傳》：「舞人張靜婉腰圍一尺六寸，時人咸推能掌上舞。」

【簡析】

用擬人手法寫柳枝的嬌柔嫵媚，暗喻王孫公子對俏麗佳人的情有獨鍾。

其四

狂雪隨風❶撲馬飛，惹煙無力被春欺。莫教移入靈和殿❷，宮女三千又妒伊❸。

【注釋】

❶狂雪隨風：指柳絮隨風飛舞。

❷靈和殿：此用南齊武帝植柳事。參見前首注❶。

❸伊：指楊柳。

【簡析】

詠柳枝形象之美。她的風姿，三千宮女都會嫉妒，可見其姿色必不同一般。

其五

嫋翠籠煙拂暖波，舞裙❶新染麴塵羅❷。章華臺❸畔隋隄上，傍得春風爾許多❹。

【注　釋】

❶舞裙：此處代指柳條。

❷麴塵羅：麴塵，淡黃色塵土；羅，散布。

❸章華臺：地名，故址在今湖北省監利縣西北。

❹「傍得」句：你與春風相伴隨的時間很多。

【簡　析】

亦詠柳枝的優美神態。借抒世事變遷之感慨。

卷四

五十首

牛嶠二十七首

女冠子

綠雲高髻❶，點翠勻紅時世❷。月如眉，淺笑含雙靨，低聲唱小詞。　眼看惟恐化❸，魂蕩欲相隨。玉趾回嬌步，約佳期。

【注　釋】

❶綠雲高髻：指女子的髮髻。

❷時世：時世妝。喻妝扮入時。

❸惟恐化：惟恐羽化仙去之意。

【簡　析】

寫歌妓生活。上片述歌妓演唱小詞時的妝扮及嬌美形象；下片敘觀眾（王孫公子）為之傾迷。

其二

錦江煙水，卓女❶燒春❷濃美。小檀霞❸，繡帶芙蓉帳，金釵芍藥花。

額黃侵膩髮，臂釧（ㄔㄨㄢˋ）透紅紗。柳暗鶯啼處，認郎家。

【注釋】

❶卓女：指臨邛卓王孫之女卓文君。卓文君和司馬相如私奔後曾當壚賣酒。此處「卓女」泛指當壚美女。

❷燒春：酒名。

❸小檀霞：喻少女淺紅色的面頰。

【簡析】

寫當壚美女的皎好形象，以及她對心上人的追尋。

其三

星冠霞帔，住在蕊珠宮❶裡。佩玎璫，明翠搖蟬翼，纖珪（ㄍㄨㄟ）❷理宿粧。

醮（ㄐㄧㄠˋ）壇❸春草綠，藥院杏花香。青鳥傳心事，寄劉郎❹。

【注釋】

❶蕊珠官：亦稱蕊宮。此處指女子所居的地方。

❷纖珪：指手指。

❸醮壇：祭祀的壇場。

❹劉郎：即劉晨。此處代指女子所思之人。

【簡析】

詠調名本意。上片敘女道士的生活；下片點出女道士塵心未淨，仍然心有所思。

其四

雙飛雙舞，春晝後園鶯語。卷羅帷，錦字書❶封了，銀河雁過遲。

鴛鴦排寶帳，豆蔻（ㄎㄡˋ）繡連枝❷。不語勻珠淚，落花時。

【注　釋】

❶錦字書：原指晉時秦州刺史竇滔之妻寄給竇滔的迴文旋圖詩。此處泛指妻子寫給丈夫的書信。

❷「鴛鴦」二句：鴛鴦、豆蔻，皆指繡於寶帳上的圖案。連枝，即連理枝。古詩詞中常以豆蔻比少女，以連理枝喻牢固的愛情。

【簡　析】

室外是鶯燕雙飛雙舞，室內有鴛鴦、連理枝。孤獨的閨中人面對這春日的溫馨，觸景傷情，幽怨難已。

夢江南

含泥燕，飛到畫堂前。占得杏梁❶安穩處，體輕惟有主人憐，堪羨好因緣。

【注　釋】

❶杏梁：形容屋宇華麗精美。

【簡　析】

運用明白率真的語言，讚燕子雙飛相伴，意喻對美好生活的嚮往。

其　二

紅繡被，兩兩間鴛鴦❶。不是鳥中偏愛爾，為緣交頸睡南塘，全勝薄情郎。

【注　釋】

❶「兩兩」句：兩兩，成雙成對；間，與閒字同。

【簡　析】

以上二首以羨雙燕、慕鴛鴦起興，抒寫閨情。結尾點明閨中怨情，直率之風格近於民歌。

感恩多

兩條紅粉淚，多少香閨意❶。強攀桃李枝，斂愁眉。陌上鶯啼蝶舞，柳花飛。柳花飛，願得郎心，憶家還早歸。

【注　釋】

❶香閨意：指相思之意。

【簡　析】

描述閨婦對遊冶在外之丈夫的思念。上片由淚寫到閨怨，抒發愁情。下片以鶯蝶的歡快、柳花的隨意，反襯自己內心的孤寂和行動的不自由，結句則點明相思之情。

其　二

自從南浦別，愁見丁香結。近來情轉深，憶鴛衾。幾度將書托煙雁❶，淚盈襟。淚盈襟，禮月求天❷，願君知我心。

【注　釋】

❶煙雁：飛雁。

❷禮月求天：祈禱月亮、上天之祐助。禮月，拜月。

【簡析】

南浦一別，相思甚苦。上片寫女子對久別之情人的思念；下片點出她對情人歸來的企盼。

應天長

玉樓春望晴煙滅，舞衫斜卷金條脫❶。黃鸝嬌囀聲初歇，杏花飄盡龍山雪❷。

鳳釵低赴節❸，筵上王孫愁絕。鴛鴦對含羅結，兩情深夜月。

【注釋】

❶金條脫：類似腕釧的臂飾。

❷龍山雪，指高山之雪。

❸「鳳釵」句：言戴鳳釵者跟著節拍演唱。

【簡　析】

描寫歌妓與貴族公子的歡娛之情。上片敘聲妓歌舞；下片述艷情。

其　二

雙眉澹薄藏心事，清夜背燈嬌又醉。玉釵橫，山枕膩，寶帳鴛鴦春睡美。　別經❶時，無限意，虛道❷相思憔悴。莫信彩箋書裡，賺人❸腸斷字。

【注　釋】

❶經：指時間經過許久。
❷虛道：空說。
❸賺人：誑騙人。

【簡　析】

起句即點明相思離恨的主題。上片寫女子別後因內心苦悶，以酒澆愁，卻是愁上加愁；下片抒發對薄倖少年的怨憤。

更漏子

星漸稀，漏頻轉❶，何處輪臺❷聲怨？香閣掩，杏花紅，月明楊柳風。　挑錦字❸，記情事，惟願兩心相似。收淚語，背燈眠，玉釵橫枕邊。

【注　釋】

❶「星漸稀」二句：天將破曉。

❷輪臺：地名，在今新疆輪臺縣東南。此處「輪臺」指舞曲名。

❸挑錦字：製錦字書。

【簡　析】

窗外已是月明星稀，遠處傳來幽怨的樂曲聲，閨中人在書就的相思辭上灑下滴滴淚痕，伴著孤燈獨眠。全詞從室外之景寫到室內之情，相思怨艾之情溢於詞中。

其二

春夜闌，更漏促，金燼（ㄐㄧㄣˋ）❶暗挑殘燭。驚夢斷，錦屏深，兩鄉明月心。閨草碧，望歸客，還是不知消息。辜負我，悔憐君，告天天不聞。

【注釋】

❶「金燼」句：寫燈燭將盡，燭焰小而暗的景象。

【簡析】

這首詞細膩地描繪出思婦對遠在邊塞的丈夫交織著愛與恨、怨與悔的複雜之情。詞中所言的「辜負我」是怨恨之情，「悔憐君」是為自己惋惜。然而，在這怨悔背後，仍有著剪不斷的情絲與難以擺脫的牽掛。

其三

南浦❶情，紅粉淚，怎奈兩人深意。低翠黛❷，卷征衣，馬嘶霜葉飛。　招手別，寸腸結，還是去年時節。書託雁❸，夢歸家，覺來江月斜。

【注　釋】

❶南浦：代指送別之地。
❷低翠黛：即低眉、低頭。
❸書託雁：借用《漢書．蘇武傳》中「雁足繫書」的故事。

【簡　析】

用倒述手法寫征夫的離別與相思。上片敘記憶中別離的場景極有特色，「馬嘶霜葉飛」一句，刻劃出一幅富於詩情畫意的霜林曉別圖；下片進一步回憶，並以思夢表現深深的歸情。

望江怨

東風急，惜別花時手頻執，羅幃❶愁獨入。　馬嘶殘雨春蕪❷溼，倚門立。寄語薄情郎，粉香和淚泣。

【注　釋】

❶羅幃：帳幕。

❷春蕪：叢生的雜草。

【簡　析】

此首閨怨詞在眾多同類題材中頗具特色。上片寫惜別，下片前二句述等待，後二句寄以情思，從而為我們描繪出一幅這樣的場景：寒春惜別、倚門望歸、和淚寄書。這種場景的展示，極準確地表達了思婦那種離別前的不捨與離別後的哀怨、失望。全詞卅五字，次第寫來，情調淒惻。

菩薩蠻

舞裙香暖金泥鳳❶，畫梁語燕驚殘夢。門外柳花飛，玉郎猶未歸。　愁匀紅粉淚，眉翦春山翠。何處是遼陽？錦屏春晝長

❷。

【注　釋】

❶金泥鳳：金粉塗染的鳳。

❷春晝長：因傷春懷遠，故覺春日長。

【簡　析】

傷春懷人之作，寫閨中佳人春日時節，對心上人的相思之情。全詞流麗動人。

其　二

柳花飛處鶯聲急，晴街春色香車立。金鳳小簾❶開，臉波❷和恨來。　今宵求夢想，難到青樓上。贏得一場愁，鴛衾誰並頭？

【注　釋】

❶金鳳小簾：指繡上金鳳的香車小簾。

❷臉波：即眼波。

【簡析】

全詞敘別後相思之苦。春色盈盈而閨中人愁恨滿懷，暗示相思折磨之深。「鴛衾誰並頭」，點出青樓女子不為世俗承認的愛情，對她是一種多大的痛苦。

其三

玉釵風動春幡ㄈㄢ❶急，交枝紅杏籠煙泣。樓上望卿卿，窗寒新雨晴。

熏爐蒙翠被，繡帳鴛鴦睡。何處有相知，羨他初畫眉❷。

【注釋】

❶春幡：指立春之日所立的彩旗。

❷畫眉：喻夫妻恩愛。

【簡析】

著重描寫女子對情人既怨恨又難捨的感情。上片主景，下片主情。

其四

畫屏重疊巫陽❶翠，楚神尚有行雲意❷。朝暮幾般心，向他情漫深❸。　風流今古隔，虛作瞿(ㄑㄩ)塘❹客。山月照山花，夢回燈影斜。

【注釋】

❶巫陽：巫山之陽。用宋玉《高唐賦》「楚王高唐夢到神女」的典故。

❷「楚神」句：楚神尚有合歡之意。亦指巫山神女而言。

❸「朝暮」二句：言楚王用志不專，神女不該以深情屬之。

❹瞿塘：峽名，長江三峽之首。峽口有灩澦堆，船行不便。李益《江南曲》：「嫁及瞿塘客，朝朝誤妾期。」

【簡　析】

寫閨中人對情人的怨思。詞中借楚王與巫山神女的愛情故事，述自己的深情與情人的薄情。

其　五

風簾燕舞鶯啼柳，妝臺約鬢低纖手。釵重髻盤珊❶，一枝紅牡丹。

門前行樂客，白馬嘶春色。故故❷墜金鞭，回頭應眼穿❸。

【注　釋】

❶盤珊：盤旋。

❷故故：故意、偏偏。

❸眼穿：相望之切。

【簡　析】

上片寫女子經過打扮，花容月貌，明艷照人。下片述門前行樂客從窗中看到她的芳顏，被深深吸引，竟藉故墜鞭於地，駐足凝視，心往神馳。

其　六

綠雲鬢上飛金雀❶，愁眉斂翠春煙薄。香閣掩芙蓉❷，畫屏山幾重。

窗寒天欲曙，猶結同心苣❸。啼粉污羅衣，問郎何日歸。

【注　釋】

❶「綠雲」句：寫閨中人髮上戴著金雀釵飾。

❷芙蓉：原指蓮花，此處代指閨中人。

❸同心苣：即同心結。

【簡　析】

一邊是痴情等候的佳人，一邊是冶遊未歸的公子，寂寞相思與期待，長久地留在閨中人的臉上、心中……

其七

玉樓冰簟❶鴛鴦錦❷，粉融香汗❸流山枕。簾外轆轤聲，斂眉含笑驚。　柳陰煙漠漠，低鬢蟬釵落。須作一生拚，盡君今日歡。

【注　釋】

❶冰簟：涼席。簟，竹席。

❷鴛鴦錦：繡有鴛鴦圖案的錦毯。

❸粉融香汗：脂粉被汗水融解。

【簡　析】

寫艷情。男女歡愛，濃情蜜意，將火一般的熱情直接傾吐出來。「須作一生拚，盡君今日歡」，表達情感的方式甚為坦率。

酒泉子

記得去年，煙暖杏園花正發，雪飄香。江草綠，柳絲長。鈿車❶纖手卷簾望，眉學春山樣❷。鳳釵低嫋翠鬟上，落梅粧。

【注　釋】

❶鈿車：以金玉裝飾的車。

❷春山樣：即眉妝如春山一般。

【簡　析】

追思曾經相逢、相識的遊侶。上片敘相識時春日的美景；下片寫其裝束、姿容。男子對這位女子的愛意，透過景色與人物形象的描繪，十分真切地流露出來。

定西番

紫塞❶月明千里，金甲冷，戍樓❷寒，夢長安。鄉思望中天闊，漏殘星亦殘。畫角數聲嗚咽，雪漫漫。

【注釋】

❶紫塞：秦時築長城所用的土均為紫色，漢塞亦如此，故泛指邊塞。

❷戍樓：邊塞駐軍的望樓。

【簡析】

寫戍邊人的鄉思，境界壯闊。上片述邊塞夜，下片寫思鄉情，塞外荒涼孤寂之景躍然紙上。

玉樓春

春入橫塘搖淺浪，花落小園空惆悵。此情誰信為狂夫❶，恨翠愁紅❷流枕上。

小玉❸窗前嗔燕語，紅淚滴穿金線縷。雁歸不見報郎歸，織成錦字封過與。

【注　釋】

❶狂夫：古代婦女對別人稱自己的丈夫。

❷愁紅：指淚。此句指因思念遠人而蹙眉流淚。

❸小王：霍小玉，一個被遺棄的婦女。這裡泛指思婦。

【簡　析】

閨婦在春日的孤寂中，對戍夫久別不歸的追想。

西溪子

捍撥❶雙盤金鳳❷，蟬鬢玉釵搖動。畫堂前，人不語，絃解語。彈到昭君怨❸處，翠蛾愁，不抬頭。

【注　釋】

❶捍撥：護撥的飾物。撥，撥動琵琶、箏、瑟等樂器弦索的器具。

❷金鳳：琵琶上鏤刻的金鳳圖案。

❸《昭君怨》：琵琶曲名。傳說昭君遠嫁，作「怨思之歌」。

【簡　析】

描寫當時歌妓演奏琵琶古曲《昭君怨》時的情形。

江城子

鵁鶄（ㄐㄧㄠ ㄐㄧㄥ）❶飛起郡城東，碧江空，半灘風。越王❷宮殿，蘋葉藕花中。簾卷水樓魚浪起，千片雪❸，雨濛濛。

【注　釋】

❶鵁鶄：水鳥名。

❷越王：指越王勾踐。此句指勾踐的宮殿已成沼澤。

❸千片雪：浪花如雪。

【簡　析】

懷古之作。詞中所詠的越溪風物，風吹雪浪、煙雨濛濛，極富詩情畫意。

其二

極浦❶煙消水鳥飛，離筵分首時，送金卮ㄓ❷。渡口楊花，狂雪任風吹。日暮天空波浪急，芳草岸，雨如絲。

【注釋】

❶極浦：極遠的水濱。

❷金卮：即金樽。

【簡析】

寫離愁別緒。南浦、離筵、渡口岸邊的春風細雨、柳絮芳草諸境，渲染了淒涼迷濛的氛圍。

張泌二十三首

浣溪沙

鈿（ㄉㄧㄢˋ）轂（ㄍㄨˇ）❶香車過柳堤，樺煙❷分處馬頻嘶，為他沉醉不成泥。
花滿驛亭香露細，杜鵑聲斷玉蟾❸低，含情無語倚樓西。

【注釋】

❶鈿轂：有金花為飾的車輪。

❷樺煙：樺燭之煙。

❸玉蟾：指月亮。

【簡析】

抒離別之情。上片寫離別時的情景；下片為閨中人想像中離人旅途的景色和不盡的思念。

其二

馬上凝情❶憶舊遊❷，照花淹竹小溪流，鈿箏羅幕玉搔頭❸。
早是出門長帶月，可堪分袂❹又經秋，晚風斜日不勝愁。

【注　釋】

❶凝情：一往情深。

❷舊遊：往日的遊侶、遊蹤。

❸玉搔頭：即玉簪。

❹分袂：分手、離別。

【簡　析】

上片寫舊遊之地與舊遊之人；下片追記離別時的情景。全詞通過化實為虛的筆法，抒發往日與情人聚遊的歡悅與離別後的愁苦。

其　三

獨立寒階望月華，露濃香泛小庭花，繡屏愁背一燈斜。

雲雨❶自從分散後，人間無路到仙家，但憑魂夢訪天涯。

【注　釋】

❶雲雨：用宋玉《高唐賦》中的傳說，喻指男女歡會。

【簡析】

寫別後愁苦的心緒。「露濃」一句，幽艷生香，深得後世評家讚譽。

其四

依約❶殘眉理舊黃❷，翠鬟拋擲一簪長❸，暖風晴日罷朝妝。

閒折海棠看又撚（ㄋㄢˇ），玉纖❹無力惹餘香，此情誰會倚斜陽。

【注釋】

❶依約：依稀、隱約。

❷黃：額黃。

❸「翠鬟」句：謂翠鬟散亂。

❹玉纖：玉指、手指。

【簡析】

寫閨中女子春睏、懷春的情態。上片敘女子殘眉不描、朝妝不理；下片點明緣由。

其五

翡翠屏開繡幄❶紅，謝娥無力曉妝慵，錦帷❷鴛被宿香濃。
微雨小庭春寂寞，燕飛鶯語隔簾櫳，杏花❸凝恨倚東風。

【注釋】

❶繡幄：彩繡的帳幕。
❷錦帷：錦製的帷帳。
❸杏花：喻思婦本人。

【簡析】

寫思婦春日的寂寞與怨懟。上片描摹思婦晨起時慵懶的神情；下片以簾外的春燕成雙，反襯簾內佳人的寂寞。

其六

枕障❶熏爐隔繡帷，二年終日兩相思，杏花明月始應知❷。
天上人間何處去，舊歡新夢覺來時，黃昏微雨畫簾垂。

【注釋】

❶枕障：枕屏。

❷「杏花」句：回憶當年杏花明月下的舊情。因而說，杏花明月始應知。

【簡析】

寫離別相思之情。「杏花」句，吐露舊日戀情，與下片合抒景色依舊，人事已非的感慨。

其七

花月香寒悄夜❶塵，綺筵幽會暗傷神，嬋娟❷依約畫屏人。
人不見時還暫語，令才拋後愛微顰，越羅巴錦❸不勝（ㄕㄥ）春。

【注釋】

❶悄夜：即靜夜。

❷嬋娟：謂形態美好。

❸越羅巴錦：古代吳越與巴蜀之地的羅錦。

【簡　析】

寫歌妓的戀情，以及由此引發的悲歡情感。

其　八

偏戴花冠白玉簪，睡容新起意沉吟❶，翠鈿金縷鎮❷眉心。

小檻❸日斜風悄悄，隔簾零落杏花陰，斷香輕碧❹鎖愁深。

【注　釋】

❶沉吟：遲疑不決。

❷鎮：壓。

❸小檻：小欄干。

❹斷香輕碧：斷香，不使用香料；輕碧，不看重玉飾。

【簡析】寫思婦淡淡的哀傷。全詞以景托情，得隔霧觀花的妙處。

其九

晚逐香車入鳳城❶，東風斜揭繡簾輕，慢迴嬌眼笑盈盈。

消息未通❷何計是，便須佯（一尢）醉且隨行，依稀聞道太狂生❸。

【注釋】

❶鳳城：京城。

❷消息未通：自己的情意沒有與美人溝通。

❸「依稀」句：彷彿聽到美人罵道：太狂了！生，語助詞，無意義。

【簡析】寫對美人的傾慕與追求，勾畫出一個輕狂少年的形象。

其十

小市❶東門欲雪天，眾中依約見神仙，蕊黃❷香畫貼金蟬。
飲散黃昏人草草❸，醉容無語立門前，馬嘶塵烘一街煙❹。

【注 釋】

❶小市：此處指小城。
❷蕊黃：眉妝。參見溫庭筠《菩薩蠻》「蕊黃無限當山額」句。
❸草草：騷動、不安定。《北齊書．高德政傳》：「世宗（高澄）暴崩，事出倉卒，群情草草。」
❹「醉容」兩句：眾人均馳車而去，而自己所戀的佳人仍佇立門前。塵烘：塵埃飛揚貌。

【簡 析】

寫男子對一位佳人一見傾心的特有情感。

臨江仙

煙收湘渚(ㄓㄨˇ)❶秋江靜，蕉花露泣愁紅。五雲❷雙鶴去無蹤。幾回魂斷，凝望向長空。　翠竹暗留珠淚怨❸，閒調寶瑟❹波中。花鬟月鬢綠雲重。古祠深殿，香冷雨和風。

【注　釋】

❶湘渚：湘江之渚。

❷五雲：五色祥雲。指兩位湘妃所御者。

❸「翠竹」句：用舜帝死後，兩位湘妃泣淚落翠竹，在竹上留下斑跡的故事。

❹閒調寶瑟：指湘靈鼓瑟的故事。調，調弦奏曲。

【簡　析】

詠懷古跡，憑弔湘君。詞中將湘君那種如怨如慕的情感寫得十分優美，所談及的古祠深殿包蘊著神祕的氣息，顯得空靈縹緲。

女冠子

露花煙草，寂寞五雲三島❶，正春深。貌減潛消玉❷，香殘尚惹襟。　竹疏虛檻靜，松密醮壇陰。何事劉郎去，信沉沉❸。

【注　釋】

❶五雲三島：指女道士經常出沒的地方。

❷「貌減」句：謂芳容漸銷。

❸沉沉：言其渺茫不見。

【簡　析】

寫女道士塵緣未斷，心繫意中人。

河傳

渺莽❶雲水，惆悵暮帆，去程迢遞❷。夕陽芳草，千里萬里，雁聲無限起。　夢魂悄斷煙波裡，心如醉，相見何處是。錦屏香冷，無睡，被頭多少淚。

【注　釋】

❶渺莽：同「渺茫」。

❷迢遞：遙遠貌。

【簡　析】

寫相思之苦。「夕陽芳草，千里萬里，雁聲無限起」三句，蒼涼悲咽，驚心動魄。

其二

紅杏，交枝相映，密密濛濛。一庭濃艷倚東風，香融，透簾櫳。

斜陽似共春光語，蝶爭舞，更引流鶯妒。魂銷千片玉樽❶前，神仙，瑤池醉暮天。

【注　釋】

❶玉樽：玉製酒杯。

【簡　析】

由暮景的生機勃發，逗引出人心的歡快，抒發對大好春光、明麗人生的喜悅之情。

酒泉子

春雨打窗，驚夢覺來天氣曉。畫堂深，紅燄小❶，背蘭釭（ㄍㄤ）。酒香噴鼻懶開缸，惆悵更無人共醉。舊巢中，新燕子，語雙雙。

【注　釋】

❶「紅焰小」兩句：謂燈光漸次熄滅。

【簡　析】

寫閨情。詞中以春雨打窗領起，以燕語呢喃，出入成雙結尾，將燕有對語、人無共醉的惆悵抒發得淒婉動人。

其二

紫陌青門，三十六宮❶春色；御溝❷輦路❸暗相通，杏園風。

咸陽沽酒寶釵空❹。笑指未央❺歸去，插花走馬落殘紅，月明中。

【注釋】

❶三十六宮：狀宮殿之多。

❷御溝：流入宮內的河道。

❸輦路：指帝王車駕所行之路。

❹寶釵空：以寶釵做抵押，買酒喝。

❺未央：西漢未央宮，故址在長安故城內西南角。

【簡析】

寫宮廷官員的閒怡生活。上片述都城、宮內景色；下片敘他們沉醉酒館，遲遲不歸的情景。

生查子

相見稀，喜相見，相見還相遠。檀畫❶荔枝紅，金蔓蜻蜓軟❷。魚雁疏，芳信斷，花落庭陰晚。可惜玉肌膚，消瘦成慵懶。

【注　釋】

❶檀畫：香木畫屏。

❷「金蔓」句：指金黃色的苔。

【簡　析】

全詞以明顯的對比，表現女子落寞的情懷。

思越人

燕雙飛，鶯百囀ㄓㄨㄢˋ，越波❶隄下長橋。斗鈿ㄉㄧㄢˋ❷花筐金匣恰，舞衣羅薄纖腰。　東風澹蕩慵無力，黛眉愁聚春碧。滿地落花無消息，月明腸斷空憶。

【注　釋】

❶越波：隄名。

❷「斗鈿」兩句：描繪女子所穿戴的首飾和衣裙。

【簡　析】

以景領情，寫思婦懷人的傷感。

滿宮花

花正芳，樓似綺，寂寞上陽宮裡。鈿籠金鎖❶睡鴛鴦，簾冷露華珠翠。　嬌豔輕盈香雪膩❷，細雨黃鶯雙起。東風惆悵欲清明，公子橋邊沉醉。

【注釋】

❶鈿籠金鎖：以金玉裝飾的籠子。

❷香雪膩：指佳人肌膚雪白。

【簡析】

寫女子內心的寂寞與孤獨。

柳枝

膩粉瓊妝透碧紗，雪休誇，金鳳搔頭墮鬢斜，髮交加。

倚著雲屏新睡覺ㄐㄩㄝ，思夢笑。紅腮隱出枕函花，有些些❶。

【注釋】

❶些些：少許。

【簡析】

寫一位女子春夢初醒時的情態。上片狀她春睡時的嬌美形象，下片示她夢醒後的如花芳容。

南歌子

柳色遮樓暗，桐花落砌香。畫堂開處遠風涼。高卷水晶簾額❶，襯斜陽。

【注　釋】

❶水晶簾額：指簾子上捲。

【簡　析】

寫暮春景色。透過樓外桐花滿地的景色，想像樓內人的倦慵與孤獨。

其　二

岸柳拖煙綠，庭花照日紅。數聲蜀魄❶入簾櫳ㄌㄨㄥˊ。驚斷碧窗殘夢，畫屏空。

【注　釋】

❶蜀魄：指杜鵑，亦名子規。傳說為古蜀國望帝的魂魄所化。

【簡　析】

寫閨中春情。頭二句述春意正濃，思婦卻無心賞景；後幾句敘積思成夢，被子規啼醒，其情淒怨；結尾一句暗示閨中人的悵惘之情。

其三

錦薦❶紅鸂鶒（ㄒㄧ ㄔˋ），羅衣繡鳳凰。綺疏❷飄雪北風狂。簾幕盡垂無事，鬱金香。

【注　釋】

❶錦薦：錦褥。

❷綺疏：指窗戶。

【簡　析】

深閨之中，身穿羅衣的佳人凝望著窗外柳絮在風中飄舞，室內的錦被空置一旁。簾幕竟日低垂，鬱金香擱置一旁。這首詞只是客觀地展現一種生活場景，其中所蘊含的情愫，任由讀者想像。

卷五

五十首

張泌四首

江城子

碧闌干外小中庭❶，雨初晴，曉鶯聲。飛絮落花，時節近清明。睡起卷簾無一事❷，勻面了，沒心情❸。

【注　釋】

❶中庭：庭院中。
❷無一事：無所事事。
❸沒心情：勻面後，情緒不佳。

【簡　析】

惜春傷春之作。全詞將妙齡女子那種因相思而無奈、無聊的情態融入暮春時節的景象描寫之中，傷春之情格外濃烈。

其二

浣花溪❶上見卿卿❷，臉波秋水明，黛眉輕。綠雲高綰ㄨㄢˇ，金簇小蜻蜓❸。好是問他來得❹麼，和笑道，莫多情。

【注釋】

❶浣花溪：一名濯錦江，又名百花潭，在今四川成都。溪畔有杜甫故居浣花草堂。

❷卿卿：古時夫妻或朋友之間的昵稱。

❸「金簇」句：謂金製首飾若蜻蜓狀。

❹來得：問伊人能不能前來約會。

【簡析】

寫青年男女遊宴時相遇繼之相悅的情形。詞中以男女青年的對話表達相愛的情感。「莫多情」三字，並非指真的拒絕。陳廷焯在《閒情集》中說：「妙在若會意若不會意之間。」其言極是。

河瀆神

古樹噪寒鴉❶，滿庭楓葉蘆花。晝燈當午隔輕紗❷，畫閣珠簾影斜。
門外往來祈賽客❸，翩翩帆落天涯。回首隔江煙火，渡頭三兩人家。

【注　釋】

❶寒鴉：秋冬時節的鳥鴉。
❷隔輕紗：指燈罩。
❸祈賽客：祈禱、燒香的人。

【簡　析】

詠本調。寫河畔寺院的景色及時人敬神的盛況，意境悠遠深長。

蝴蝶兒

蝴蝶兒，晚春時，阿嬌❶初著淡黃衣，倚窗學畫伊❷。還似花間見，雙雙對對飛。無端和淚拭胭脂，惹教雙翅垂❸。

【注　釋】

❶阿嬌：此處代指畫蝴蝶的美人。

❷畫伊：即畫蝴蝶。

❸「惹教」句：寫少女淚墜的畫面，蝴蝶雙翅為之沾濕下垂。惹教：致使。

【簡　析】

詠本調。寫女子畫蝶時幾見蝴蝶飛而觸發的春思、春愁。詞中將女子由快樂轉入感傷的情感變化，寫得極其自然而且富於詩意。

毛文錫三十一首

虞美人

鴛鴦對浴銀塘❶暖，水面蒲梢短。垂楊低拂麴塵波，蛛絲結網露珠多，滴圓荷。

遙思桃葉❷吳江碧，便是天河隔。錦鱗紅鬣❸影沉沉，相思空有夢相尋，意難任❹。

【注　釋】

❶銀塘：此處為對池塘的美稱。

❷桃葉：晉代王獻之的愛妻之名。此處代指所思之人。

❸錦鱗紅鬣：彩鱗紅鰭之魚。此處代指書信。

❹意難任：言離愁難當。

其　二

寶檀❶金縷鴛鴦枕，綬帶盤宮錦❷。夕陽低映小窗明，南園綠樹語鶯鶯，夢難成。

玉爐香暖頻添炷，滿地飄輕絮。珠簾不

卷度沉煙，庭前閒立畫鞦韆❸，豔陽天。

【注　釋】

❶檀：香木。此句言枕頭精美。

❷「綬帶」句：綬帶，衣帶。宮錦，泛指美錦。

❸畫鞦韆：言鞦韆閒立如畫。

【簡　析】

前一首抒發了對心上人的相思，以及因音信不通所引發的離愁別怨。上片寫景，下片抒發了離別相思之情。後一首描摹春閨幽怨。全詞通過室內、室外優美而典雅的環境和主人公對美景無心玩賞的情態，揭示出她痛苦的心境。

酒泉子

綠樹春深，燕語鶯啼聲斷續。蕙風飄蕩入芳叢❶，惹殘紅。

柳絲無力嫋（ㄋㄧㄠˇ）煙空，金盞不辭須滿酌。海棠花下思朦朧，醉香風。

【注　釋】

❶芳叢：即花叢。

❷香風：一作春風。

【簡　析】

描繪主人公對春日將逝的傷感。「醉香風」一句，是對現實無能為力而尋求解脫的舉動。

喜遷鶯

芳春景，暖晴煙，喬木見鶯遷。傳枝偎葉語關關❶，飛過綺叢間。

錦翼鮮，金毳❷軟，百囀千嬌相喚。碧紗窗曉怕聞聲，驚破鴛鴦暖。

【注　釋】

❶關關：指鶯之鳴叫聲。

❷金毳：鳥之金色腹毛。

【簡析】

抒惜春之情。詞中繪出春日融融，鳥兒雙雙相伴的美景；結句點明對春景的憐惜，其中也蘊含了對青春虛度的惋惜。

贊成功

海棠未坼❶，萬點深紅，香包緘結一重重❷。似含羞態，邀勒❸春風。蜂來蝶去，任繞芳叢。

昨夜微雨，飄灑庭中，忽聞聲滴井邊桐。美人驚起，坐聽晨鐘。快教折取，戴玉瓏璁❹。

【注釋】

❶未坼：尚未開放。

❷「香包」句：言花萼層層包裹、聯結。香包，花包。緘結，緘封聚合。

❸邀勒：招邀強留。

❹瓏璁：指首飾。

【簡　析】

通篇濃麗之語。暗寫剪不斷，理還亂，無可奈何又必須忍受的閒愁暗恨。

西溪子

昨日西溪❶遊賞，芳樹奇花千樣，鎖春光。金樽滿，聽絃管❷，嬌妓舞衫香暖。不覺到斜暉，馬馱歸。

【注　釋】

❶西溪：此處泛指遊賞之地。

❷絃管：樂器。

【簡　析】

寫文人冶遊與聲妓歌舞，反映出當時文人沉湎於遊樂、寄情於綺筵歌臺的風氣。

中興樂

豆蔻花繁煙豔深，丁香軟結同心。翠鬟女，相與，共淘金。
紅蕉❶葉裡猩猩語❷，鴛鴦浦❸，鏡中鸞舞❹。絲雨隔，荔枝陰。

【注　釋】

❶紅蕉：美人蕉。

❷猩猩語：傳說猩猩能言。此處喻指情話。

❸鴛鴦浦：此處泛指水濱。

❹鏡中鸞舞：《初學記》卷十五引顧野王《舞衣賦》：「類隻鸞於合鏡，似雙鴛之共翔。」

【簡　析】

寫男女相悅的情愛。作者將男女相愛、相悅之情寄寓於對南國風上人情的描繪之中。上片以豆蔻花喻少女之青春艷麗，以丁香之軟結同心暗喻少女心有所屬，「共淘金」是約會之藉口而已；下片明寫荔枝樹下避雨時的情景，實則暗示少男少女密林幽會時奔放的激情。

更漏子

春夜闌，春恨切，花外子規啼月。人不見，夢難憑，紅紗一點燈❶。偏怨別，是芳節，庭下丁香❷千結。宵霧❸散，曉霞輝，梁間雙燕飛。

【注釋】

❶紅紗一點燈：言夢中難會，醒來只見紅紗圍繞的熒熒一燈而已。

❷丁香：即紫丁香。古人常以此寫愁情。

❸宵霧：夜霧。

【簡析】

述閨思閨怨。上片寫思，「紅紗一點燈」之句，意境富麗而雋美，把佳人沉睡之孤獨、醒後之淒涼烘托得十分逼真。下片寫怨，藉景色的描寫傳達出來，真切生動，委婉曲折。

接賢賓

香韉（ㄐㄧㄢ）鏤襜（ㄔㄢ）❶五花驄（ㄘㄨㄥ）❷，值春景初融。流珠噴沫躞（ㄒㄧㄝˋ）蹀（ㄉㄧㄝˊ）❸，汗血流紅❹。少年公子能乘馭（ㄩˋ），金鑣（ㄅㄧㄠ）玉轡（ㄆㄟˋ）瓏（ㄌㄨㄥˊ）璁（ㄘㄨㄥ）❺。為惜珊瑚鞭不下，驕生百步千蹤。信穿花，從拂柳，向九陌追風。

【注釋】

❶香韉鏤襜：皆指鞍飾。

❷五花驄，毛色斑駁之馬。

❸「流珠」句：流珠噴沫，指馬噴湧唾沫。躞蹀，馬行貌。

❹汗血流紅：《史記・大宛列傳》：「大宛在漢正西，去漢可萬里。多善馬，馬汗血，其先天馬子也。」

❺「金鑣玉轡」句：謂馬飾講究。金鑣，飾金之馬勒。玉轡瓏璁：飾玉的馬轡繩。

【簡析】

寫貴族公子在春光融融的日子騎馬遊冶的情景。

贊浦子

錦帳添香睡，金爐換夕熏（ㄒㄩㄣ）。懶結芙蓉帶，慵（ㄩㄥ）拖翡翠裙。

正是桃夭柳媚❶，那堪暮雨朝雲❷。宋玉高唐意，裁瓊欲贈君❸。

【注釋】

❶桃夭柳媚：以桃花艷麗、楊柳嫵媚喻妙齡女郎。

❷「那堪」句：言不堪獨處孤寂。

❸「裁瓊」句：意為寄以書信。

【簡析】

上片寫主人公的無奈、慵懶，對生活失去熱情的那種情態；下片點明無奈、慵懶的原因在於對情人的思念。

甘州徧

春光好，公子愛閒遊，足風流。金鞍白馬，雕弓寶劍，紅纓錦襜（ㄔㄢ）❶出長秋。　花蔽膝，玉銜頭，尋芳逐勝歡宴，絲竹不曾休。美人唱，揭調❷是甘州❸，醉紅樓。堯年舜日❹，樂聖永無憂。

【注　釋】

❶紅纓錦襜：馬飾。

❷揭調：即高調。

❸甘州：唐教坊名，是一種大型歌舞曲。其調高亢，雜有胡樂。「甘州徧」就是《甘州》中的一個曲子，可以單獨填詞歌唱。

❹堯年舜日：喻太平盛世。

【簡　析】

描寫文人冶遊與聲妓歌舞的情境。上片記貴族文人閒遊時奢華的穿著與佩飾；下片描繪他們沉湎於秦樓楚館的生活。詞中渲染出一片太平盛世，歌舞升平的景象。

其二

秋風緊，平磧❶雁行低，陣雲齊。蕭蕭颯颯，邊聲四起，愁聞戍角與征鼙。青冢❷北，黑山❸西，沙飛聚散無定，往往路人迷。鐵衣冷，戰馬血沾蹄，破蕃奚。鳳凰詔❹下，步步躡丹梯。

【注釋】

❶平磧：指平坦的沙漠。

❷青冢：指漢王昭君墓，在今內蒙古呼和浩特之西。傳說當地多白草而此墓獨青，故名。

❸黑山：在今內蒙境內，又名殺虎山。

❹鳳凰詔：皇帝的詔書出自中書省，中書省苑中有鳳凰池，故唐宋詩詞中常以鳳池代指中書省，以鳳凰詔代指皇帝的詔書。

【簡析】

寫邊塞荒漠的景象及戍邊征人的軍旅生活。

紗窗恨

新春燕子還來至，一雙飛。壘巢泥濕時時墜，涴ㄨㄛˋ人衣❶。
後園裡看百花發，香風拂，繡户金扉ㄈㄟ❷。月照紗窗，恨依依。

【注　釋】
❶涴人衣：即污人衣。
❷繡戶金扉：華美的門窗。謂閨人之住所。

【簡　析】
寫閨怨。閨中人眼見春光無限，燕子出入成雙，自己的情人卻仍不見歸來，怨懟之情不禁油然而生。

其　二

雙雙蝶翅塗鉛粉❶，咂ㄗㄚ花心❷；綺窗繡户飛來穩，畫堂陰。

二三月愛隨飄絮，伴落花，來拂衣襟。更剪輕羅片，傅黃金❸。

【注　釋】

❶鉛粉：亦稱鉛白，為婦女塗面所用。

❷咂花心：採花蕊。咂，吮。

❸「更翦」二句：言蝶翅如附著金粉。羅片，狀蝶翅之輕；黃金，狀蝶翅之色。

【簡　析】

詠蝴蝶春日採花、飛舞的形象。

柳含煙

隋隄❶柳，汴（ㄅㄧㄢˋ）河旁。夾岸綠陰千里，龍舟鳳舸（ㄍㄜˇ）木蘭香❷，錦帆張。

因夢江南春景好，一路流蘇羽葆（ㄅㄠˇ）❸。笙（ㄕㄥ）歌未盡起橫流❹，鎖春愁。

【注　釋】

❶ 隋隄：《隋書・煬帝紀》：「煬帝自板渚引河，作御道，植以楊柳，名曰隋隄，一千三百里。」

❷「龍舟」句：指隋煬帝遊幸事。木蘭，樹名。謂煬帝之龍舟鳳舸乃用木蘭製成。

❸ 流蘇羽葆：皇帝儀仗中之華蓋。仍指煬帝遊幸事。

❹「笙歌」兩句：謂隋王朝在窮奢極欲中覆亡。橫流：喻天下大亂，隋朝覆亡。

【簡　析】

借詠隋隄之柳，引出世事盛衰的感慨。上片記昔日隋隄千里，柳絲成陰，龍舟幸遊的盛況；下片敘王朝的盛衰變化，感慨山河依舊，人事變遷的無奈。

其　二

河橋柳，占芳春，映水含煙拂路。幾回攀折贈行人，暗傷神。　樂府吹為橫笛曲❶，能使離腸斷續。不如移植在金門❷，近天恩。

【注　釋】

❶橫笛曲：指樂府橫吹曲中的《折楊柳曲》。

❷金門：代指皇宮。

【簡　析】

河橋柳為送別時的見證。人間離愁別恨知多少，但見河橋柳依依。詠柳以狀難捨的離別之情。

其　三

章臺柳❶，近垂旒❷，低拂往來冠蓋❸。朦朧春色滿皇州，瑞煙❹浮。

直與路邊江畔別，免被離人攀折。最憐京兆畫蛾眉，葉纖時。

【注　釋】

❶章臺柳：長安章臺街所植之柳。

❷垂旒（ㄌㄧㄡˊ）：帝王冠冕之裝飾，以絲繩貫玉下垂。

❸冠蓋：官吏之帽子和車乘。

❹瑞煙：柳色青青，似含祥瑞之煙。

【簡析】

章臺柳傷，見離人之悲愁，喻離人心苦，世事多遷。

其四

御溝柳，占春多，半出宮牆婀（ㄜ）娜（ㄋㄨㄛˊ）。有時倒影醮（ㄐㄧㄠˋ）輕羅，麴（ㄑㄩˊ）塵波❶。昨日金鑾巡上苑❷，風亞❸舞腰纖軟。栽培得地近皇宮，瑞煙濃。

【注釋】

❶麴塵波：淡黃色之水波。

❷「金鑾」句：金鑾，金鑾殿的省略；此處代指皇帝。上苑，天子之宮苑。

❸風亞：亞，通壓。

【簡析】

御溝柳沐浴皇恩，成為帝王生活的點綴。其筆法與前幾首得異曲同工之妙。

醉花間

休相問，怕相問，相問還添恨。春水滿塘生，鸂鶒還相趁❶。昨夜雨霏霏，臨明寒一陣。偏憶❷戍樓人，久絕邊庭❸信。

【注釋】

❶「春水」兩句：言滿塘春水，鸂鶒為樂。相趁，相逐。

❷偏憶：甚憶、最憶。

❸邊庭：邊塞。

【簡析】

寫閨中人對遠在邊塞之情人的思念與怨懟。主人公欲淡忘舊日情思，卻又無法擺脫。

其二

深相憶，莫相憶，相憶情難極。銀漢❶是紅牆，一帶遙相隔。

金盤珠露滴❷，兩岸❸榆花白。風搖玉珮清，今夕❹為何夕。

【注釋】

❶銀漢：李商隱《代應》：「本來銀漢是紅牆，隔得盧家百玉堂。」這裡活用其意，明寫銀河水阻斷了牛郎、織女，使兩人難以相見，暗喻人間有情人難以團聚。

❷「金盤」句：漢武帝作銅柱，有仙人掌擎盤以承露。

❸「兩岸」句：已入秋令，當是七巧相會的時期。

❹今夕：《詩經．唐風．綢繆》：「今夕何夕，見此良人。」

【簡析】

詠七夕。詞中以「銀漢是紅牆，一帶遙相隔」喻人間「相憶情難極」，十分新穎而奇特。

浣溪沙（攤破）

春水輕波浸綠苔，枇杷洲❶上紫檀開。晴日眠沙鸂鶒穩，暖相偎。羅襪生塵遊女過，有人逢著弄珠回。蘭麝飄香初解珮❷，忘歸來。

【注釋】

❶枇杷洲：即琵琶洲，狀如琵琶的水中小島。

❷「蘭麝」句：用《列仙傳》中鄭交甫遇仙女的典故。

【簡析】

秋景淡雅，輕波、綠苔、鸂鶒相偎。全詞寫出一片閑雅景象。以人物點綴畫面，顯示出勃勃生機，是一幅畫面優美的南國秋景圖。

其二

七夕年年信不違❶，銀河清淺白雲微，蟾光鵲影伯勞❷飛。
每恨蟪蛄憐婺女❸，幾回嬌妒下鴛機❹，今宵嘉會兩依依。

【注釋】

❶「七夕年年」句：即牛郎、織女每年七月七日鵲橋相會。

❷伯勞：鳥名。

❸「每恨」句：謂秋蟬為憐婺女獨處而悲鳴。蟪蛄，蟬的一種。婺女，二十八宿之一；代指織女。

❹下鴛機：謂婺女之織機。

【簡析】

詠七夕。與《醉花間》（深相憶）相比，詞意相近。

月宮春

水晶宮裡桂花開，神仙探幾回。紅芳金蕊繡重臺❶，低傾瑪瑙杯。

玉兔銀蟾爭守護，嫦娥姹女❷戲相偎。遙聽鈞天九奏❸，玉皇親看來。

【注釋】

❶「紅芳」句：紅芳，指花。金蕊，黃色花蕊。重臺，花之複瓣。

❷姹女：傳說中的月神。

❸鈞天九奏：天上之仙樂。

【簡析】

詠調名本意，寫神話中的月宮生活。

戀情深

滴滴銅壺寒漏❶咽，醉紅樓月。宴餘香殿會鴛衾，蕩春心。

真珠簾下曉光侵，鶯語隔瓊林❷。寶帳欲開慵起，戀情深。

【注釋】

❶銅壺寒漏：古代以銅壺盛水滴漏以計時。

❷瓊林：此處是對樹木的美稱。

【簡析】

抒戀情。男女相愛的歡悅之情盡含其中，語意明白凝煉。

其二

玉殿春濃花爛漫，簇神仙伴❶。羅裙窣ㄙㄨˋ地縷黃金，奏清音❷。

酒闌❸歌罷兩沉沉，一笑動君心。永願作鴛鴦伴，戀情深。

【注釋】

❶簇神仙伴：指侍酒的樂妓。

❷清音：謂清越之樂音。

❸「酒闌」句：酒殘歌罷，已夜深人靜。

【簡　析】

寫貴族公子與樂妓纏綿的戀情。

訴衷情

桃花流水漾縱橫，春晝彩霞明。劉郎去，阮郎行，惆悵恨難平❶。愁坐對雲屏，算歸程。何時攜手洞邊❷迎，訴衷情。

【注　釋】

❶「劉郎去」三句：劉郎即劉晨，阮郎即阮肇。此句寫因劉、阮皆去，故惆悵難平。

❷洞邊：指劉晨、阮肇在天臺山遇仙之桃源洞。

【簡　析】

始以生動的比興表達離別的感受，桃花、流水、彩霞的明麗襯離別時心神之黯然，效果更為突出。最後在凝想入癡中訴說心底的願望，生動自然。

其二

鴛鴦交頸繡衣輕❶，碧沼藕花馨。偎藻荇❷，映蘭汀❸，和雨浴浮萍。

思婦對心驚，想邊庭。何時解珮❹掩雲屏，訴衷情。

【注釋】

❶繡衣輕：這裡指鴛鴦的羽毛。

❷藻荇：沼內植物。

❸蘭汀：蘭生之渚。

❹解珮：指解下征人身上之珮飾。喻征人回返。

【簡析】

二首均寫閨情。前一首述思婦面對春日美景，生發青春虛度的惆悵；後一首記思婦見鴛鴦戲遊碧沼，觸發了自己獨處的孤寂感，因而更思念遠在邊塞的丈夫。

應天長

平江波暖鴛鴦語，兩兩釣船❶歸極浦。蘆洲一夜風和雨，飛起淺沙翹雪鷺❷。

漁燈明遠渚，蘭棹今宵何處？羅袂❸從風❹輕舉，愁殺采蓮女。

【注釋】

❶兩兩釣船：言非孤舟。

❷翹雪鷺：長頸翹舉之白鷺。

❸羅袂：羅袖。

❹從風：隨風。

【簡析】

寫採蓮女面對夜幕初垂，漁船兩兩而歸的江上夜景，生發出惆悵與感傷。

何滿子

紅粉樓❶前月照，碧紗窗外鶯啼。夢斷遼陽音信，那堪獨守空閨。恨對百花時節，王孫綠草萋萋。

【注釋】

❶紅粉樓：婦女之妝樓。

【簡析】

春日裡，閨婦對丈夫遠去邊塞，音信全無，至感牽掛與思念。

巫山一段雲

雨霽（ㄐㄧˋ）巫山上，雲輕映碧天。遠風吹散又相連，十二晚峰❶前。

暗濕啼猿樹，高籠過客船。朝朝暮暮楚江邊，幾度降神仙。

【注　釋】

❶十二晚峰：即巫山十二峰。

【簡　析】

詠調名原意。詞中點出巫山、巫峽的風景及巫山神女的傳說。

臨江仙

暮蟬聲盡落斜陽，銀蟾影挂(ㄍㄨㄚˋ)瀟湘。黃陵廟❶側水茫茫，楚山紅樹，煙雨隔高唐❷。

岸泊漁燈風颭(ㄓㄢˇ)碎❸，白蘋遠散濃香。靈娥鼓瑟韻清商❹，朱絃淒切，雲散碧天長。

【注　釋】

❶黃陵廟：即湘妃祠，遺址在今湖南湘陰縣北。

❷「楚山」兩句：喻楚王夢神女事已成往事。

❸「岸泊」：寫風吹漁燈，或明或暗，點點碎碎的景象。

❹「靈娥」句：靈娥即湘靈，湘水之神。清商，古五音之一，其音哀怨。

【簡　析】

詠湘水之神，寫楚地風物。俞陛雲《五代詞選釋》評云：「五代詞多哀感頑艷之作。此詞則清商彈湘瑟哀絃，夜月訪黃陵遺廟，揚舲楚澤，汎然有疏越之音，與謫仙之『白雲明月弔湘娥』同其逸興。」

牛希濟十一首

臨江仙

峭碧參（ㄘㄣ）差（ㄘ）十二峰❶，冷煙寒樹重重，瑤姬❷宮殿是仙蹤。金爐珠帳，香靄晝偏濃。一自楚王驚夢斷，人間無路相逢，至今雲雨帶愁容。月斜江上，征棹（ㄓㄠˋ）動晨鐘。

【注　釋】

❶十二峰：指巫山十二峰。

❷瑤姬，神女名。

【簡　析】

以楚王夢見神女的故事暗示佳人難期。此詞意境深杳，品味自高。

其　二

謝家仙觀❶寄雲岑，崖蘿❷拂地成陰，洞房不閉白雲深。當時丹竈，一粒化黃金❸。　石壁霞衣猶半挂，松風長似鳴琴。時聞唳鶴起前林。十洲❹高會，何處許相尋。

【注　釋】

❶謝家仙觀：亦名謝女峽，在今廣東省中山縣南海中。相傳為謝女得道之地。

❷崖蘿：生於石巖之蘿。

❸「一粒」句：言丹已煉成。

❹十洲：神仙所居之所。

【簡　析】

牛希濟《臨江仙》七首，均詠調名原意，分別吟頌神話傳說中的女神。這首詞描摹對修道成仙之謝女的追慕。

其　三

渭闕宮城❶秦樹凋，玉樓獨上無聊。含情不語自吹簫，調清和恨，天路❷逐風飄。何事乘龍❸人忽降，似知深意相招。三清❹攜手路非遙。世間屏障，彩筆畫嬌嬈ㄖㄠ。

【注　釋】

❶渭闕宮城：秦之宮近渭水，故稱渭闕宮城。

❷天路：指弄玉飛升之路。

❸乘龍：指蕭史乘龍升天而去。

❹三清：指神仙所居之最高仙境。

【簡析】

詠秦穆公時蕭史、弄玉夫婦吹簫引鳳，最後夫婦倆乘龍乘鳳飛去的故事。

其四

江繞黃陵春廟❶閒，嬌鶯獨語關關，滿庭重疊綠苔斑。陰雲無事，四散自歸山。　簫鼓聲稀香爐冷，月娥斂盡彎環，風流皆道勝人間。須知狂客，拼死為紅顏❷。

【注釋】

❶黃陵春廟：即黃陵廟。見毛文錫《臨江仙》（暮蟬聲盡落斜陽）注❸。

❷「須知」二句：指屈原也為湘夫人的風流所迷，願隨之而逝。屈原《湘夫人》有「聞佳人兮招手，將駕兮偕逝」等句，故言。

【簡析】

詠湘水之神。

其五

素洛❶春光瀲灩❷平，千重媚臉初生。凌波羅襪勢輕輕。煙籠日照，珠翠半分明❸。風引寶衣❹疑欲舞，鸞迴鳳翥堪驚。也知心許恐無成。陳王辭賦，千載有聲名。

【注釋】

❶素洛：洛，洛水；素，指洛水之色。素洛即清澄之洛水。

❷瀲灩：水波流動的樣子。

❸「珠翠」句：言其首飾因光線照射，時隱時現。

❹「風引」句：謂洛神之仙姿。寶衣，綾紈之衣。

【簡　析】

詠洛水之神。

其　六

柳帶搖風漢水濱，平蕪兩岸爭匀，鴛鴦對浴浪痕新。弄珠遊女❶，微笑自含春。

輕步暗移蟬鬢動，羅裙風惹輕塵❷。水晶宮殿❸豈無因。空勞纖手，解珮贈情人❹。

【注　釋】

❶弄珠遊女：係指漢皋神女戲珠於鄭交甫之前。

❷「輕步」兩句：狀神女之姿。

❸水晶宮殿：指神女所居之處。

❹情人：指鄭交甫。

【簡　析】

詠漢皋神女。

其七

洞庭波浪颭（ㄓㄢˇ）晴天，君山一點凝煙。此中真境屬神仙。玉樓珠殿，相映月輪邊❶。　萬里平湖秋色冷，星辰垂影參然，橘林霜重更紅鮮。羅浮山下，有路暗相連。

【注　釋】

❶「此中」三句：傳說洞庭山下有金堂數百間，帝舜二妃居之，金石絲竹之聲響徹於山頂，稱「瀟湘洞庭之樂」。又山有靈洞，洞中丹樓瓊宇，宮觀異常，花芳柳暗，異香芬馥。眾女霓裳冰顏，艷質與世人殊別。

【簡　析】

頌神仙所居的君山與羅浮山。詞中點出洞庭秋夜之景色，將傳說中的神仙真境展示出來。

酒泉子

枕轉簟涼❶，清曉遠鐘殘夢。月光斜，簾影動，舊爐香。
夢中說盡相思事，纖手勻雙淚。去年書，今日意，斷離腸。

【注釋】

❶枕轉簟涼：謂枕移席冷，清夜難眠。

【簡析】

抒離情與相思。上片寫閨中女子夢醒時所見情景；下片回味著夢中的歡聚，為久別無訊而備感傷悲。

生查子

春山煙欲收，天淡稀星小。殘月臉邊明，別淚臨清曉。
語已多，情未了，回首猶重道❶。記得綠羅裙，處處憐芳草。

【注 釋】

❶重道：反覆說。

【簡 析】

此詞結句最為人稱道。「記得綠羅裙，處處憐芳草。」——因始終懷念自己愛戀的女子，每每看到芳草，便想起她常穿的綠色羅裙，所以更加憐愛。此句刻畫了情人相愛的微妙心理，得「青山見我應如是」的妙處。

中興樂

池塘暖碧浸晴暉❶，濛濛柳絮輕飛。紅蕊凋來，醉夢還稀。春雲空有雁歸，珠簾垂。東風寂寞，恨郎拋擲，淚濕羅衣。

【注 釋】

❶晴暉：指晴天的陽光。

【簡　析】

暮春時節，濛濛的飛絮如同閨中人彌漫的愁緒；眼見雁歸來，更加重了對薄情人的怨恨。

謁金門

秋已暮，重疊關山岐路❶。嘶馬搖鞭何處去，曉禽霜滿樹。
夢斷禁城鐘鼓，淚滴枕檀❷無數。一點凝紅和薄霧，翠蛾❸愁不語。

【注　釋】

❶「重疊」句：指重重關隘的岔道。
❷枕檀：檀枕。
❸翠娥：代指思婦。

【簡　析】

寫思婦之幽怨。上片述一片秋色，引發思婦對情人別後境況的懸想。下片敘思婦因懷念情人，思緒不斷，而徹夜難眠。

歐陽炯 四首

浣溪沙

落絮殘鶯❶半日天，玉柔花醉❷只思眠，惹窗映竹滿爐煙。
獨掩畫屏愁不語，斜倚瑤枕髻鬟偏，此時心在阿誰邊。

【注釋】

❶殘鶯：晚鶯。
❷玉柔花醉：喻閨中人的嬌媚與柔弱。

【簡析】

寫閨情。上片記閨中人春日的嬌媚之態；下片述其獨眠時對情人的懷念與追思。

其二

天碧羅衣❶拂地垂，美人初著更相宜，宛風如舞透香肌。

獨坐含嚬吹鳳竹❷，園中緩步折花枝，有情無力泥人時❸。

【注釋】

❶天碧羅衣：指翠藍色的羅衣。

❷鳳竹：指笙、簫一類樂器。

❸「有情」句：謂閨中人纖弱嬌媚之態。

【簡析】

寫女子艷麗、嬌媚的形象和落寞的情懷。

其三

相見休言有淚珠，酒闌重得敘歡娛，鳳屏鴛枕宿金鋪❶。

蘭麝細香聞喘息，綺羅纖縷見肌膚，此時還恨薄情無？

【注釋】

❶金鋪：原指門上鋪首。此處代指閨房。

【簡析】

寫男、女歡娛之濃情。「蘭麝」二句狀女子嬌媚之睡態；末句擬男子之情話，其情繾綣。

三字令

春欲盡，日遲遲❶，牡丹時。羅幌卷，翠簾垂。彩箋書，紅粉淚，兩心知。

人不在，燕空歸，負佳期。香燼落，枕函欹❷。月分明，花淡薄，惹相思。

【注釋】

❶日遲遲：《詩·幽風·七月》：「春日遲遲。」遲遲，和舒貌。

❷枕函欹：枕函，枕套。欹，傾斜。

【簡析】

寫相思之情。作者將閨中人的情感寄託於室外春景與室內陳設的描繪中，顯得情景交融，筆致婉約。全詞每句三字，句式雖單調，寫法不失流暢。上片由外而內，狀白晝之情景；下片由內而外，記夜的寂靜、清冷，渲染相思之情。

卷六

五十一首

歐陽炯十三首

南鄉子

嫩草如煙❶，石榴花發海南天。日暮江亭春影綠❷，鴛鴦浴，水遠山長看不足。

【注　釋】

❶如煙：形容草在初芽狀態時的柔嫩清幽。

❷綠：江水清冷的樣子。

【簡　析】

歐陽炯《南鄉子》共八首，是詠南國風光的組詞。這是第一首，描寫一個日暮時分的旅人在江亭流連忘返。

其二

畫舸（ㄍㄜˇ）停橈（ㄋㄠˊ）❶，槿（ㄐㄧㄣˇ）❷花籬外竹橫橋。水上遊人❸沙上女，回顧，笑指芭蕉林裡住。

【注釋】

❶「畫舸」句：舸，大船。橈：划船用的槳。

❷槿：即木槿，夏秋之間開花，紅白鮮艷。南方人多用來作籬牆。

❸水上遊人：此處當指男子而言，與下面「沙上女」相襯。

【簡析】

南方的天空總是那麼晴朗，南方的風俗一如南方的天空。看那些青年男女是多麼坦率、熱烈。「笑指芭蕉林裡住」一語道破其中天機。

其三

岸遠沙平，日斜歸路晚霞明。孔雀自憐金翠尾❶，臨水，認得行人驚不起❷。

【注 釋】

❶金翠尾：指孔雀的尾羽，因為孔雀的尾羽上面有五色金翠錢紋，故云金翠尾。

❷驚不起：指孔雀聽見人的腳步聲，依然不為所動。

【簡 析】

孔雀是我國南方特有的鳥類動物，這首詞就是詠南國孔雀。在一條岸遠沙平的小路上，旅人伴著斜日晚霞而歸。這時，路邊美麗的孔雀映入其眼簾。牠那徘徊四顧，自憐其尾的神態，令旅人驚嘆不已。結語餘味悠遠，得以少勝多之妙。

其 四

洞口誰家❶，木蘭船繫木蘭花。紅袖女郎相引❷去，遊南浦，笑倚春風相對語。

【注　釋】

❶洞口：本指女道士之居所，這裡指女性之住處。

❷相引：相約。

【簡　析】

男女相悅，是詩歌千古的母題。自《詩經》「關關雎鳩」以來，詠嘆愛情的詩篇已無以數計。歐陽炯這首描繪南國風俗的小詞別具一格，以富於地方特色的物象寫出南人特有的愛情生活。

其　五

二八花鈿❶，胸前如雪臉如蓮❷。耳墜金環穿瑟瑟❸，霞衣窄，笑倚江頭招遠客。

【注　釋】

❶花鈿：女性頭飾。一般以貴重金屬製成。

❷胸前如雪：因為女裝微露胸，故得見其雪一般的肌膚。臉如蓮，當是以蓮花喻臉。

❸瑟瑟：唐時珠寶名。

【簡　析】

一方水土養一方人，南方明麗清朗的水土養育出真誠熱情的人兒。你看這個正當妙齡的女郎，天真自然，全無絲毫做作忸怩之態，令遠方來客耳目一新。

其　六

路入南中❶，桄榔❷葉暗蓼花紅。兩岸人家微雨後，收紅豆❸，樹底纖纖擡素手。

【注　釋】

❶南中：泛指南國，特別是廣東、雲南、海南諸地。
❷桄榔：產於熱帶地區的一種常綠喬木。
❸紅豆：產於亞熱帶地區，喬木。其子略小於豌豆，顏色鮮紅，故名紅豆。常用以象徵相思，也叫相思子。相傳有人戰死邊疆，其妻思之，哭於紅豆樹下而卒，故以為名。溫庭筠詞：「玲瓏骰子安紅豆，刻骨相思知未知。」

【簡　析】

南國的紅豆以相思為其象徵。這首詞全然撇開傳統主題，以白描手法抓住具有地方特色的景物

「桄榔」、「蓼花」和「紅豆」，與南國人物的活動接合，組成一幅典型的南國風情圖，透出濃郁的地域色彩和生活氣息。

其七

袖斂鮫綃❶，采香深洞笑相邀。藤杖枝頭蘆酒❷滴，鋪葵席❸，豆蔻花間趖❹晚日。

【注釋】

❶鮫綃：一名龍紗。用來作衣服，入水不濕。這裡形容女子穿著精美。

❷蘆酒：濁酒。

❸葵席：用葵草作成的席子。葵：指某些開大花的草木植物。

❹趖：走。

【簡析】

《南鄉子》以歌詠南國風物感人，從風土到人情，無不入詞。這首詞寫的是南人好客之風，在藤杖枝頭酤酒，在豆蔻花間徘徊，直到日落西軒，一派桃源景象畢呈讀者眼前。

其八

翡翠鵁鶄（ㄐㄧㄠ ㄐㄧㄥ）❶，白蘋香裡小沙汀❷。島上陰陰秋雨色，蘆花撲，
數隻漁船何處宿。

【注釋】

❶鵁鶄：一種水鳥。

❷汀：水邊平地。

【簡析】

「鵁鶄」、「白蘋」、「沙汀」、「漁船」都是南國常見的物象，詞人將這些東西編織進他的南國風物詞，藉以凸顯南國風物獨特的情趣，也表現出詞人敏銳的藝術感受。

獻衷心

見好花顏色，爭笑東風。雙臉上，晚妝同❶。閉小樓深閣，

春景重重。三五夜，偏有恨，月明中。情未已，信曾通，滿衣猶自染檀紅❷。恨不如雙燕，飛舞簾櫳。春欲暮，殘絮盡，柳條空。

【注　釋】

❶同：形容盛妝下的女子與鮮花的顏色一樣。

❷檀紅：女子塗口唇或暈眉所用的化妝品，猶今天的口紅。

【簡　析】

良辰美景奈何天，賞心樂事誰家院？面對月圓花好，主人公偏生暗嗔。愁眉不展惹空恨，只為月圓人不圓。每想起遠在天邊那位顏色如花的女子，縱有青鳥傳信，又怎不讓人思念？「滿衣猶自染檀紅」，可誰知重逢在何日何年？恨不能化為雙燕，自由嬉戲於暖閣香閨。作品中的癡情漢在無盡的相思中，思緒翩翩，讓人讀來，不覺慨嘆愛情的艱辛。

賀明朝

憶昔花間初識面，紅袖半遮，妝臉輕轉。石榴裙帶，故將纖纖玉指偷撚（ㄋㄧㄢˇ）❶，雙鳳金線❷。　碧梧桐鎖深深院，誰料得兩情，何日教繾綣（ㄑㄧㄢˇ ㄑㄩㄢˇ）❸。羨春來雙燕，飛到玉樓，朝暮相見。

【注　釋】

❶撚：用手指搓。

❷雙鳳金線：裙帶用以裝飾的花。

❸繾綣：感情深摯，難分難捨。

【簡　析】

歐陽炯以《南鄉子》第一自詡，其次則為戀情詞，體現出一種刻骨相思的情調。如前首《獻衷心》就有李商隱《無題》「相見時難別亦難」的韻味。這首《賀明朝》與下一首為聯章體組詞，寫離別的痛苦和相思的深沉。也許詞中所言之情人從相愛到分別，只有短暫的幾天，也許這是一個沒有結局的故事，但不管如何，那位癡情男子還是對愛情初衷不改。儘管回憶更添今日之愁緒，也許未來對他來說，只是好夢一場，但他依然抱著兩情繾綣的幻想。有誰能知道他們的將來又會怎樣呢？這其中的一切都是讀者想像的天地，詞人並沒有告訴我們什麼。或許人生本來如此……或許愛情亦如此吧……

其二

憶昔花間相見後，只憑纖手，暗拋紅豆。人前不解，巧傳心事。別來依舊，辜負春晝。碧羅衣上蹙❶金繡，睹對對鴛鴦，空裛❷淚痕透。想韶顏非久，終是為伊，只恁偷瘦❸。

【注釋】

❶蹙：重疊的紋采。

❷裛：沾濕。

❸「只恁」句：恁，如此、這樣。偷瘦，暗中消瘦。

【簡析】

一部《花間詞》，滿眼離別相思，真教人觸目腸斷。又是「憶昔花間相見」，又是「終是為伊，只恁偷瘦」。為什麼人總是自尋煩惱？為什麼人總掙脫不了一個「情」字？元好問「問世間情為何物，直教人生死相許」，千萬年來，又有幾個能夠作答？真是「衣帶漸寬終不悔，為伊消得人憔悴。」這個為相思所苦的男子，可曾想過情又到底為哪般？假使你真的化為梁間燕，她還會淚痕透羅衣嗎？何不動真情遊戲人間，而偏偏「依舊」「辜負」這大好春光？多情反被無情惱，不是很悲哀嗎？

江城子

晚日金陵❶岸草平，落霞明，水無情。六代❷繁華，暗逐逝波聲。空有姑蘇臺❸上月，如西子鏡，照江城。

【注　釋】

❶金陵：今南京市。魏晉南北朝時期屢為京城。

❷六代：指三國時的吳，以及東晉、宋、齊、梁、陳等六朝，均建都於南京。

❸姑蘇臺：春秋時代吳王夫差所建，故址在今江蘇省蘇州市。據說吳王為造此台，耗費了大量人力物力，三年始成。上有春宵宮，是他與西施長樂之所。

【簡　析】

「金陵懷古」的題材常見於詩歌，小詞中，懷古之作卻寥若晨星。大概是因俯仰今古，感慨興亡的曲子，不宜於佳人演唱之故吧？然而，一向被視為花間詞人的歐陽炯卻用小詞寫了這麼一首懷古詞，使「花間詞」多少沾了些不和諧的聲律。這首憑吊六朝舊事的小令，意蘊明朗，意境空靈，雖從虛處落筆，卻於飄忽處透傳神之哀嘆，無礙小詞本色，且臻懷古之佳境，可見歐陽氏之功力。

鳳樓春

鳳髻❶綠雲叢❷，深掩房櫳（ㄌㄨㄥˊ）。錦書通，夢中相見覺來慵（ㄩㄥ）。勻面淚，臉珠融。因想玉郎何處去？對淑景❸誰同？

小樓中，春思無窮。倚欄顒（ㄩㄥˊ）望❹，暗牽愁緒，柳花飛起東風。斜日照簾，羅幌（ㄏㄨㄤˇ）香冷粉屏空。海棠零落，鶯語殘紅。

【注　釋】

❶鳳髻：女子髮型作成鳥狀。

❷綠雲：女子之秀髮。

❸淑景：美景。

❹顒望：長望、仰望之意。

【簡　析】

相思如春草般瘋長，主人公的心被這綿綿相思攪亂了，無奈又不甘。上片描寫處於這種情境的女主人公夢醒後的悲哀；下片刻畫其盼郎郎不歸的情景。

和凝二十首

小重山

春入神京❶萬木芳，禁林鶯語滑❷，蝶飛狂。曉花擎露妒啼粧。紅日永，風和百花香。

煙鎖柳絲長，御溝澄碧水，轉池塘。時時微雨洗風光。天衢（ㄑㄩˊ）遠❸，到處引笙簧（ㄕㄥ ㄏㄨㄤˊ）❹。

【注　釋】

❶神京：或稱王京。就是都城。

❷滑：形容鶯聲流利。

❸天衢：指京城內的大街。遠，長。

❹笙簧：樂器之名，以竹製成。

【簡析】

和凝的兩首《小重山》，描寫的都是京城景色，而且是一個在石晉全盛之時，宰相眼中的京城景致，眼神流露出一縷難抑的喜悅，因而一草一木、一鶯一蝶，無不顯現出強烈的歡快色彩。辛棄疾詞：「我看青山多嫵媚，青山看我應如是。」這種將自己的感情外射於所觸及之物的心態，正是和凝這兩首詞所表現，正如戀愛中的女子會體現非同尋常的柔情一般。

其二

正是神京爛熳(ㄇㄢˋ)時，群仙初折得，郄(ㄒㄧˋ)詵(ㄕㄣ)枝❶。烏犀白紵(ㄓㄨˋ)❷最相宜，精神出，御陌袖鞭垂。

柳色展愁眉。管絃分響亮，探花期。光陰占斷曲江池❸。新牓(ㄅㄤˇ)上，名姓徹丹墀(ㄔˊ)。

【注　釋】

❶郄詵枝：喻及第的士子。

❷烏犀：東漢太守以下官印以黑犀佩之。白紵，細而白的夏布。這裡大概指以太守一級官階授之。

❸曲江池：在長安東南。此處借指京城或禁中。

【簡　析】

金榜題名是傳統人生三大喜事之一。主人公雖沒有像范進那樣喜極而瘋，全身上下仍洋溢著張狂的神態。平時愁貫眉梢的柳葉今天也為他眉尖攢笑，甚至弦管之音都分外響亮了不少。主人公抑制不住的喜悅不禁衝昏了他的頭腦，甚而感到「光陰占斷曲江池」了。

臨江仙

海棠香老春江晚，小樓霧縠（ㄏㄨˊ）❶空（ㄎㄨㄥ）濛。翠鬟初出繡簾中，麝煙鸞珮惹蘋風。

碾（ㄌㄧㄠ）玉❷釵搖鸂（ㄒㄧ）鶒（ㄔˋ）❸戰，雪肌雲鬢將融。含情遙指碧波東，越王臺殿蓼花紅。

【注　釋】

❶縠：有縐紋的紗。

❷碾玉：玉名。

❸鸂鶒：古書上指像鴛鴦的一種水鳥。此處指鸂鶒造型的頭飾。

【簡　析】

《詩經》言：「愛而不見，搔首踟躕。」這首詞的女主人公卻不是一個令人「搔首踟躕」的形象。薄暮時分，她初出繡簾，看到前面不遠處，心上人那癡情的模樣，不禁笑彎了腰，有些許得意，有幾分心疼。於是告訴他，到那「蓼花」深處去候著。這裡，一個與郎相約的女子躍然紙上，呼之欲出。

其二

披袍窣❶地紅宮錦，鶯語時囀輕音。碧羅冠子穩犀簪❷，鳳凰雙颭步搖金❸。

肌骨細勻紅玉軟，臉波微送春心。嬌羞不肯入鴛衾，蘭膏光裡兩情深。

【注　釋】

❶窣：拖、拂。

❷穩犀簪：穩，安妥、穩固。犀簪，犀牛角製成的簪。

❸「鳳凰」句：步搖，釵一類的頭飾，因一步一搖名之。鳳凰雙颭，步搖上的飾物。

【簡　析】

月上柳梢頭，人約黃昏後。相愛的人兒看著夜色漸漸漫上來，聽著鶯兒婉轉流利的軟語輕音，感受到心上人的柔情蜜意，一定有銷魂此際的感覺。詞裡的男女主角兩情繾綣，透出詞人描寫技巧的佳妙。

菩薩蠻

越梅半坼輕寒裡，冰清淡薄籠藍水❶。暖覺杏梢紅，游絲❷惹狂風。

閒階莎徑碧，遠夢猶堪惜。離恨又迎春，相思難重陳。

【注　釋】

❶藍水：霸水之源，出於秦嶺，流入藍田。

❷游絲：在空中飄飛的蛛絲。

【簡　析】

悄然兩行淚，相思又一年，越梅又開，莎徑再碧，可去來之間，相思如積雪，永遠不化，越積越沉。迎春沒有良人作伴，面對這芳草又綠的滿園春景，滿腹相思，該從何說起？詞人在這裡用一個否定形式「相思難重陳」點出主人公沉重的心情，可以想見其離恨是多麼悠遠深長！

山花子

鶯錦蟬縠馥麝臍❶，輕裾花早曉煙迷。鸂鶒戰金紅掌❸墜，翠雲低。

星靨❸笑偎霞臉畔，蹙金開襜❹襯銀泥。春思半和芳草嫩，碧萋萋。

【注　釋】

❶蟬轂：形容錦衣像蟬翼一樣薄。麝臍，麝香所在。

❷紅掌：釵穗之狀。

❸星靨：星一樣的靨。靨，即酒窩。

❹襜：音ㄔㄢ。古代一種短的便衣。

【簡　析】

寫一個情竇初開的少女，春日時節的妝扮與遐思。詞中對這位少女的心理刻畫不多，但「春思半和芳草嫩，碧萋萋」，還是可以從中想像出有女懷春是何種情形。

其　二

銀字❶笙寒調正長，水紋簟（ㄉㄧㄢˋ）冷畫屏涼。玉腕重因金扼臂，澹梳妝。　幾度試香纖手暖，一回嘗酒絳（ㄐㄧㄤˋ）唇光。佯（ㄧㄤˊ）弄紅絲蠅拂子❷，打檀郎。

【注　釋】

❶銀字：樂器名，屬笛管之類。

❷蠅拂子：趕蒼蠅用的拂帚之類。

【簡　析】

有酒有樂，旁邊還有一個意中人，映出男女相聚的氛圍。此詞描寫一位淡妝美人與自己的意中人在這種環境下，度過一個美好的夜晚。

何滿子

正是破瓜年紀❶，含情慣得人饒❷。桃李精神鸚鵡舌，可堪虛度良宵。卻愛藍羅裙子，羨他長束纖腰❸。

【注　釋】

❶破瓜年紀：古代民俗中以瓜字可分成二八兩字，故以十六為破瓜之年。多指女子。

❷饒：寬恕、憐愛。

❸「卻愛」二句：當是對男子而言，羨慕女子之裙可以長束纖腰。

【簡　析】

《何滿子》二首寫的是一個男子對其情人可望而不可即的胡思亂想。這一首先寫對方可愛，後寫己之不得，於是轉而羨慕對方的「藍羅裙子」可以束纖腰，反襯自己愛情的無望。很像淘淵明《閒情賦》「願在裳而為帶，束窈窕之腰身」的奇想。

其　二

寫得魚箋❶無限，其如花鎖春暉。目斷巫山雲雨❷，空教殘夢依依。卻愛熏香小鴨，羨他長在屏帷。

【注　釋】

❶魚箋：同鸞箋。指書信。

❷巫山雲雨：用楚王陽臺之事，借指男女間之愛情。

【簡　析】

與上首構成聯章體。稍有不同的是，本詞純寫男方的情事，由於情不自已，便設想若能長伴伊人，願作熏香小鴨。

薄命女

天欲曉，宮漏穿花聲繚繞，窗裡星光少。冷霞寒侵帳額❶，殘月光沉樹杪（ㄇㄧㄠˇ）。夢斷錦帷空悄悄，強起愁眉小。

【注 釋】

❶帳額：帳頂。

❷愁眉小：因為攢簇著，故眉比平時小些。

【簡 析】

詞中主人公好夢醒來，發現自己仍是孤鸞獨守，而此刻天已微明。醒了還重睡，畢竟不成眠。對著這空悄悄的錦幃，更兼窗外曉月殘照，樹影婆娑，不禁愁從中來。愁緒萬千是懷春之思，還是怨婦之情，不得而知。可憐她到頭來還得自己銷愁，強打情神起床，卻更加憂傷。

望梅花

春草全無消息，臘雪猶餘蹤跡。越嶺❶寒枝香自坼，冷豔奇芳堪惜。何事壽陽❷無處覓，吹入誰家橫笛❸？

【注　釋】

❶越嶺：指梅嶺而言，五嶺之一。

❷壽陽：借壽陽公主事反指梅花。

❸橫笛：《樂府詩集・橫吹曲》中有《梅花落》曲，故言。

【簡　析】

這是一首專詠梅花的「詠物詞」，用的是詞牌的本調。古人「詠物詞」多用以寄託，如陸游《卜算子・詠梅》便寄託其自我人格的高尚品質。和凝這首詞則為就事論事，找不出寄託的痕跡。但梅花本身又何嘗不是某種象徵呢？

天仙子

柳色❶披衫金縷鳳❷，纖手輕拈紅豆弄。翠蛾雙斂正含情，桃花洞，瑤臺❸夢，一片春愁與誰共。

【注　釋】

❶柳色：披衫的顏色。

❷金縷鳳：披衫的紋路。

❸瑤臺：本指仙人所居。此處用其本意，形容居所精美。

【簡　析】

一般人常用「美若天仙」形容女子之美。和凝這首《天仙子》即是借天仙之美，詠讚其對象，其中已經分辨不出誰是天仙，誰是這個令人神往的女子。歷來有人認為這組《天仙子》是詠本調，但也有持異議者。此正體現和氏作品的強烈多義性。其實，成嶺成峰並不是絕對，關鍵是立足點在何處。

其二

洞口春紅飛蔌蔌（ㄙㄨˋ）❶，仙子含愁眉黛綠。阮郎何事不歸來❷，懶燒金，慵篆玉❸，流水桃花空斷續。

【注　釋】

❶蔌蔌：風聲勁急狀。

❷「阮郎」句：《神仙記》載：漢代劉晨、阮肇入天臺山採藥，為仙女所留居。數月後歸家，人世已改。此處指遠人不歸。

❸「懶燒金」二句：金，金製香爐。篆玉，香燒過後，其灰成篆文之形。這兩句複意同指。

【簡　析】

仙子在桃紅柳綠之際，惹動一片春思。綠黛眉愁，金懶玉慵，只因思念情人。全詞淡淡敘來，一片輕盈的意境，給人一份淡淡的惆悵。結拍處更見其不用力，但從另一面烘托出一種慵懶情思。

春光好

紗窗暖，畫屏閒，嚲❶雲鬟。睡起四肢無力，半春閒。

玉指翦裁羅勝❷，金盤點綴酥山。窺宋❸深心無限事，小眉彎。

【注　釋】

❶ 嚲：下垂。

❷ 勝：古代女子的一種首飾。

❸ 宋：本指宋玉，這裡借指男子。

【簡　析】

和凝的作品多為聯章體，這裡《春光好》二首亦然。這首詞寫屋內滿腹心事的愁人無法排遣的愁悶。「窺宋深心無恨事，小眉彎」，真是傳神之筆，更可見主人公心事沉重的原因。作家沒有告訴我們，這些沉重的心事是什麼，但我們想像得出。

其二

蘋葉❶軟，杏花明，畫船輕。雙浴鴛鴦出綠汀，棹（ㄓㄠˋ）歌聲。

春水無風無浪，春天半雨半晴。紅粉相隨南浦晚，幾含情。

【注　釋】

❶ 蘋葉：指浮萍。

【簡　析】

送別詞。王國維《人間詞話》評：「一切景語，皆情語也。」前半寫煙波畫船，後半寫與佳人惜別，確是江南風景。

采桑子

蝤蠐❶領上訶梨子，繡帶雙垂。椒户❷閒時，競學樗蒲❸賭荔枝。

叢頭鞋子紅編細，裙窣金絲。無事嚬眉，春思翻教阿母疑。

【注　釋】

❶ 蝤蠐：以蝤蠐蟲喻美人之頸。

❷ 椒戶：以椒泥塗壁的房子。椒實多而香，取其香暖。

❸ 樗蒲：樗，臭椿。樗蒲，古代的一種遊戲，像今日的擲骰子。

【簡　析】

寫少女初長時的生活，

柳　枝

軟碧搖煙似送人，映花時把翠蛾顰❶。青青自是風流主，慢颭（ㄓㄢˇ）❷金絲待洛神。

【注　釋】

❶顰：蹙眉。

❷颭：風吹物體，使顫動。

【簡　析】

詞詠本調，將柳枝人格化了，與劉禹錫「弱柳從風疑舉袂」有異曲同工之妙。

其　二

瑟瑟羅裙金縷腰，黛眉偎破未重描。醉來咬損新花子❶，拽住仙郎❷盡放嬌。

【注釋】

❶新花子：古時女人的一種面妝。

❷仙郎：唐代稱各部郎中、員外郎為仙郎。此處非實指。

【簡析】

此首和上首皆以擬人化手法，寫柳枝搖曳多姿的神態。

其三

鵲橋初就咽銀河，今夜仙郎自姓和。不是昔年攀桂樹❶，豈能月裡索嫦娥？

【注　釋】

❶攀桂樹：即折桂技。《避暑錄話》云：「世以登科為折桂。」

【簡　析】

借題發揮，以詞人的榮耀誇飾於想像中的美人。

漁　父

白芷（ㄓˇ）❶汀寒立鷺鷥，蘋風輕剪浪花時。煙冪冪（ㄇㄧˋ）❷，日遲遲，香引芙蓉惹釣絲。

【注　釋】

❶白芷：一種香草。

❷冪：層層覆蓋的樣子。

【簡　析】

詠本調，但造出一種漁夫垂釣的清麗意境，頗堪入畫。

顧敻十八首

虞美人

曉鶯啼破相思夢，簾卷金泥鳳❶。宿妝猶在酒初醒，翠翹❷慵
整倚雲屏，轉娉婷。香檀細畫侵桃臉，羅袂輕輕斂。佳期堪
恨再難尋，綠蕪滿院柳成陰，負春心。

【注　釋】

❶金泥鳳：簾幕上的花飾。

❷翠翹：以翠玉製作的釵。

【簡　析】

敘春日相思，刻畫思婦不堪承受之情。

其二

觸簾風送景陽鐘❶，鴛被繡花重。曉帷(ㄨㄟˊ)初卷冷煙濃，翠勻粉黛好儀容，思嬌慵。

起來無語理朝妝，寶匣鏡凝光。綠荷相倚滿池塘，露清枕簟(ㄉㄧㄢˋ)藕花香，恨悠揚。

【注釋】

❶景陽鐘：原指宮內之鐘，此處代指一般鐘聲。

【簡析】

思婦詞。全首由兩組畫面組成：上片為思婦之儀容；下片為思婦晨起所見所感，並於結束處點明心緒——思恨悠悠。

其三

翠屏閒掩垂珠箔(ㄅㄛˊ)，絲雨籠池閣。露霑(ㄓㄢ)紅藕咽清香，謝娘❶嬌極不成狂，罷朝妝。小金鸂鶒沉煙細，膩❷枕堆雲髻。淺眉微斂注檀輕，舊歡時有夢魂驚，悔多情。

【注　釋】

❶謝娘：泛指女子。

❷膩：光滑。

【簡　析】

相思至極而無法擺脫，不禁有些後悔當初的「輕狂」。這是正話反說的慣有心態，就像後來姜白石所謂「當初不合種相思」，反而更進一步表現出相思的極度沉痛。

其　四

碧梧桐映紗窗晚，花謝鶯聲懶。小屏屈曲掩青山，翠帷香粉玉爐寒，兩蛾攢❶。顛狂少年輕離別，辜負春時節。畫羅紅袂有啼痕，魂消無語倚閨門，欲黃昏。

【注　釋】

❶ 兩蛾攢：即雙眉愁結。蛾：中國古代常以蛾形容眉。

【簡　析】

「顛狂年少輕離別，辜負春時節。」有美景而無良人，這美景良辰，與誰共賞？又是哀怨之音、別離之恨，相思苦辭。

其五

深閨春色勞思想，恨共春蕪長。黃鸝嬌囀呢芳妍，杏枝如畫倚輕煙，鎖窗前。

憑欄愁立雙蛾❶細，柳影斜搖砌。玉郎還是不還家，教人魂夢逐楊花，繞天涯。

【注　釋】

❶ 雙蛾：兩彎秀眉。

【簡析】

春色常惹春恨，良辰總伴別離。上片寫春色，下片寫別離，全詞情恨疊加。

其六

少年豔質勝瓊英，早晚別三清❶。蓮冠穩篸(ㄗㄢ)鈿篦(ㄅㄧˋ)橫，飄飄羅袖碧雲輕，畫難成。

遲遲少轉腰身嫋(ㄋㄧㄠˇ)，翠靨(ㄧㄝˋ)眉心小。醮(ㄐㄧㄠˋ)壇❷風急杏花香，此時恨不駕鸞凰，訪劉郎。

【注釋】

❶三清：指玉清、上清、太清三宮，皆仙人之所居。

❷醮壇：拜天用的壇。

【簡析】

說不完的孤男曠女事，訴不完的怨女恨別情。詞從女冠回憶寫起，直抒別離之情，恨不能時光倒流，駕鸞凰去那良人身旁。淡淡寫來，卻激情飽滿。

河傳

燕颺（ㄧㄤˊ），晴景，小窗屏暖，鴛鴦交頸。菱花掩卻翠鬟欹（ㄧ）❶，慵（ㄩㄥ）整❷，海棠簾外影。　繡帷香斷金鸂鶒（ㄒㄧ ㄔˋ），無消息，心事空相憶。倚東風，春正濃，愁紅，淚痕衣上重。

【注釋】

❶欹：傾斜。

❷慵整：梳理鬟髮時嬌弱無力的樣子。

【簡析】

《花間詞》多寫男女相思離別，或許是因為這些人類的基本感情特別容易激起人的共鳴，也特別易於為人接受。人生天地之間，唯情難斷。這首詞寫的是春愁。只因良人一去，音訊全無，不然怎會「淚痕衣上重」？

其二

曲檻，春晚，碧流紋細，綠楊絲軟。露花鮮，杏枝繁，鶯囀，野蕪平似剪。　直是人間到天上，堪遊賞，醉眼疑屏障。對池塘，惜韶光❶，斷腸。為花須盡狂。

【注釋】

❶韶光：時光。

【簡析】

全詞平淺敘來，景語、情語皆淺白如話。人生苦短，韶光易逝，美人遲暮，何不行歡盡狂？末句點出主人公深刻的心理矛盾。

其三

棹（ㄓㄠˋ）舉，舟去，波光渺渺，不知何處。岸花汀草共依依，雨微，鷓鴣相逐飛。　天涯離恨江聲咽，啼猿切，此意向誰說。倚蘭橈（ㄋㄠˊ）❶，獨無聊，魂消。小爐香欲焦。

【注　釋】

❶蘭橈：代指船。

【簡　析】

物為心役，心亦為物役，春光明媚江鷗飛，卻空惹愁緒無極。詞敘離恨，以鷓鴣反襯人的孤獨，更見其別愁無奈。

甘州子

一爐龍麝(ㄕㄜˋ)❶錦帷(ㄨㄟˊ)傍，屏掩映，燭熒煌❷。禁樓刁斗❸喜初長，羅薦❹繡鴛鴦。山枕上，私語口脂香。

【注　釋】

❶龍麝：龍涎香與麝香兩種名香。

❷熒煌：半明半暗的樣子。

❸刁斗：古代行軍用具，晚上擊之以報時。相當於平常的更鼓。

❹薦：草席之類的墊褥。

【簡析】

顧夐五首《甘州子》為一套組詞，均寫男女愛情與相思。這一首寫過去某一時刻歡會的情形，極疏淡。

其二

每逢清夜與良晨，多悵望，足傷神。雲迷水隔意中人，寂寞繡羅茵。山枕❶上，幾點淚痕新。

【注釋】

❶山枕：古時中間凹下去的一種枕，形狀若山。

【簡析】

此詞寫女子極度思念情人。「雲迷水隔意中人」，極無奈。

其三

曾如劉阮訪仙蹤，深洞客，此時逢。綺(ㄑㄧ)筵散後繡衾(ㄑㄧㄣ)同，款曲見韶容。山枕上，長是怯❶晨鐘。

【注釋】

❶怯：害怕。意為怕時間過得快，最怕晨鐘敲響。

【簡析】

「曾如」領起全詞，一位男子由現在追憶過去歡聚時刻之速逝，春宵苦短，以致晨鐘鳴時，才發現光陰之匆促。

其四

露桃花裏小樓深，持玉盞，聽瑤琴。醉歸青瑣❶入鴛衾，月色照衣襟。山枕上，翠鈿(ㄉㄧㄢ)鎮眉心。

【注　釋】

❶青瑣：代指女子的閨房。

【簡　析】

男主人公追憶某個特別令人回味的夜晚。

其五

紅爐深夜醉調笙❶，敲拍處，玉纖❷輕。小屏古畫岸低平，煙月滿閑庭。山枕上，燈背臉波橫。

【注　釋】

❶笙：樂器。

❷玉纖：指女子的玉手。

【簡　析】

寫男女相聚相悅之情。女子實為歌妓。通過短短數句，其身分、特長，不言自明。

玉樓春

月照玉樓春漏促，颯颯風搖庭砌竹。夢驚鴛被覺來時，何處管絃聲斷續。惆悵少年遊冶❶去，枕上兩蛾攢細綠。曉鶯簾外語花枝，背帳猶殘紅蠟燭。

【注釋】

❶遊冶：尋歡作樂。

【簡析】

這是一組描繪閨怨的詞。全詞以景語起，以景語收，起收之間，無不映襯獨居者的幽怨。

其二

柳映玉樓❶春日晚，雨細風輕煙草軟。畫堂鸚鵡語雕籠，金粉小屏猶半掩。　香滅繡帷人寂寂，倚檻無言愁思遠。恨郎何處縱疏狂❷，長使含啼眉不展。

【注　釋】

❶玉樓，女子的閨房。

❷縱疏狂：指男子尋歡作樂。

【簡　析】

歐陽修「玉勒雕鞍遊冶處，樓高不見章臺路」，刻畫了一個翹首企盼者的形象。這首詞也是如此，但情感上更深一層——「恨郎何處縱疏狂」，是因他長使佳人「含啼眉不展」。一個女子無奈的哀容栩栩透出。

其　三

月皎露華窗影細，風送菊香沾繡袂(ㄇㄟˋ)。博山爐冷水沉微，惆(ㄔㄡˊ)悵(ㄔㄤˋ)金閨終日閉。　懶展羅衾垂玉箸(ㄓㄨˋ)❶，羞對菱花簪寶髻。良宵好事枉教休❷，無計奈他狂耍婿❸。

【注　釋】

❶玉箸：淚。

❷枉教休：白白地讓他給耽誤了。

❸「無計」句：拿他這個玩性大的漢子沒辦法。

【簡　析】

時間由晝入夜，思念、怨恨之情卻潛滋暗長。遭人遺忘的痛苦使她無法安靜，只恨當初沒有把丈夫留在家裡。

其　四

拂水雙飛來去燕，曲檻小屏山六扇。春愁凝思結眉心，綠綺❶懶調紅錦薦。

話別情多聲欲顫，玉箸痕留紅粉面。鎮長❷獨立到黃昏，卻怕良宵頻夢見。

【注　釋】

❶綠綺：古琴之名。

❷鎮長：鎮，久、常。

【簡　析】

先由雙燕敘起，不寫孤寂而孤寂自現；結句則以怕在夢中相見，反襯別離之深痛，由反面落筆，倍增其效果。

卷七

五十首

顧夐三十七首

浣溪沙

春色迷人恨正賒❶，可堪蕩子不還家。細風輕露著梨花。

簾外有情雙燕颺，檻前無力綠楊斜。小屏狂夢極天涯。

【注　釋】

❶賒：綿長。

【簡　析】

古時的詞相當於今天的流行歌曲，今天的流行歌曲多詠唱愛情、相思，正如古時的詞一樣。這組詞中「小屏狂夢極天涯」之類，比今天「愛你到地老天荒」也毫不遜色。

其　二

紅藕香寒翠渚平，月籠虛閣夜蛩清❶。塞鴻驚夢兩牽情。
寶帳玉爐殘麝冷，羅衣金縷暗塵生。小窗孤獨淚縱橫。

【注釋】

❶夜蛩清：蛩，蟋蟀。謂秋夜蟋蟀的鳴聲清且淒。

【簡析】

詞寫思婦愁極之情態。全篇以意象重疊，烘托出整首詞的意境，正是以意象取勝的佳作。

其三

荷芰風輕簾幕香，繡衣鸂鶒泳迴塘。小屏閑掩舊瀟湘。
恨入空帷鸞影獨❶，淚凝雙臉渚蓮光。薄情年少悔思量❷。

【注釋】

❶「恨入」句：指形影孤單。

❷「悔思量」句：薄情郎，讓人悔不當初。

【簡　析】

上片寫景，下片言情，情在景的基礎上自然流出，可謂情景交融。下片尤其令人迴腸不已。

其　四

惆悵經年別謝娘，月窗花院好風光。此時相望最情傷。

青鳥❶不來傳錦字，瑤姬何處鎖蘭房。忍教魂夢兩茫茫。

【注　釋】

❶青鳥：傳說中西王母的信使。李璟《山花子》：「青鳥不傳雲外信，丁香空結雨中愁。」

【簡　析】

直抒一位男子的胸臆，強烈爆發出對倩女的愁情和渴望。

其　五

庭菊飄黃玉露濃，冷莎❶偎砌隱鳴蛩。何期良夜得相逢。

背帳風搖紅蠟滴，惹香暖夢繡衾重，覺來枕上怯晨鐘。

【注釋】

❶莎：莎草，一種多年生草本植物。

【簡析】

情景交錯，上下片同一結構，彷彿電影中的蒙太奇，一個場景與另一個場景交叉映襯，更見思婦的愁情傷懷。

其六

雲淡風高葉亂飛，小庭寒雨綠苔微。深閨人靜掩屏帷。

粉黛暗愁金帶枕❶，鴛鴦❷空繞畫羅衣。那堪辜負不思歸。

【注釋】

❶金帶枕：借用甄氏與曹植玉縷金帶枕事，以見情深而不得之情。

❷鴛鴦：羅衣上的鳥飾圖案。

【簡析】

全詞情語全由景語烘託而出。無情語，不見情女之孤苦。

其七

雁響❶遙天玉漏清，小紗窗外月朧明，翠帷金鴨炷（ㄓㄨˋ）香平。

何處不歸音信斷，良宵空使夢魂驚，簟（ㄉㄧㄢˋ）涼枕冷不勝（ㄕㄥ）情。

【注釋】

❶雁響：秋夜群雁飛過的叫聲。

【簡析】

「雁過也，正傷心。」只因雁來人不來，甚至音信全無。此情此景，人何以堪？

其八

露白蟾明又到秋，佳期幽會兩悠悠，夢牽情役幾時休。
記得泥人❶微斂黛❷，無言斜倚小書樓，暗思前事不勝愁。

【注釋】

❶泥人：用輕言軟語纏人。泥，讀去聲。

❷斂黛：即皺眉。

【簡析】

「去年今日此門中，人面桃花相映紅。」又到去年嘉會時候，月露依舊，不見佳人。回想前事難再，公子如何不斷腸？

酒泉子

楊柳舞風，輕惹春煙殘雨。杏花愁，鶯正語，畫樓東。

錦屏寂寞思無窮，還是不知消息。鏡塵生，珠淚滴，損儀容❶。

【注　釋】

❶損：憔悴、消瘦。

【簡　析】

抒女子懷人之情。上片寫暮春之景，下片敘寂寞之情，美景與悲情不相諧，益見其哀、其苦。

其　二

羅帶縷金❶，蘭麝煙凝魂斷。畫屏欹，雲鬢亂，恨難任。

幾回垂淚滴鴛衾，薄情何處去。月臨窗，花滿樹，信沉沉。

【注　釋】

❶縷金：「金縷」的倒裝。

【簡析】

薄情蕩子易離別，癡情女子腸堪絕。寫閨中思婦之怨，入骨三分。

其三

小檻日斜，風度綠窗人悄悄。翠帷閑掩舞雙鸞，舊香寒。

別來情緒轉難拼❶，韶顏看卻❷老。依稀粉上有啼痕，暗銷魂。

【注釋】

❶拼：捨棄不顧。

❷卻：又。

【簡析】

綠窗春風又度，韶華卻招衰顏。忍心辜負這青春年華，卻無法阻止思念的痛苦，粉上啼痕又怎能招得浪子回轉？

其四

黛薄紅深，約掠綠鬟雲膩。小鴛鴦，金翡翠❶，稱人心。

錦鱗無處傳幽意，海燕蘭堂春又去。隔年書，千點淚，恨難任。

【注釋】

❶鴛鴦、翡翠：都是女子的頭飾，借襯男女相悅之情。

【簡析】

望穿秋水的女子惆悵而悲苦，情意纏綿的追憶只能使人恨極天涯。詞寫一位渴望郎歸的女子等待的哀怨。

其五

掩卻菱花，收拾翠鈿（ㄉㄧㄢˋ）休上面。金蟲玉燕，鎖香奩（ㄌㄧㄢˊ）❶，恨厭（ㄧㄢ）厭

❷。

雲鬟半墜懶重簪ㄗㄢ，淚侵山枕濕。銀燈背帳夢方酣，雁飛南。

【注釋】

❶香奩：古時女子的化妝盒。

❷厭厭：慵懶、疲病的樣子。

【簡析】

詞中直敘一位女子因無法見到思念的人，希望南飛的雁子能將她的夢帶給對方，足見其深情。頗有「南風知我意，吹夢到西洲」的餘韻。

其六

水碧風清，入檻細香紅藕膩。謝娘斂翠恨無涯，小屏斜。

堪憎蕩子不還家，謾留羅帶結❶。帳深枕膩炷沉❷煙，負當年。

【注　釋】

❶羅帶結：古代以羅帶相結，喻男女同心。

❷沉：沉香木。

【簡　析】

羅帶枉結，蕩子依然飄泊在外，空留癡情女子苦苦等待。詞上片點出主題是恨；下片交待緣由，倒裝之句，更襯出恨之深重。

其七

黛怨紅羞❶，掩映畫堂春欲暮。殘花微雨隔青樓，思悠悠。芳菲時節看將度❷，寂寞無人還獨語。畫羅襦，香粉污，不勝愁。

【注　釋】

❶黛怨紅羞：眉含怨，臉含羞。

❷看將度：即將逝去。

【簡　析】

傷春更兼恨別，本已憔悴的心如何承受得起？女主人公悠悠情思，面對這殘花微雨，不禁長嘆「不勝悲」。本詞傷春惜別交雜敘之，更使人見其愁情之深。

楊柳枝

秋夜香閨思寂寥，漏迢迢❶。鴛帷羅幌麝煙銷，燭光搖。

正憶玉郎遊蕩去，無尋處。更聞簾外雨蕭蕭，滴芭蕉。

【注　釋】

❶漏迢迢：漏，用漏壺滴水以計時。謂漏聲聽似遙遠。

【簡　析】

春色撩人愁緒，秋夜撩人情思，從昏到晨，無法排遣愁懷，可以想像女主人公心情多麼痛苦！寫景繪聲繪色，一片淒涼。用語輕靈，格外自然；點墨不多，卻頗見功力。

遐方怨

簾影細，簟❶紋平。象紗❷籠玉指，縷金羅扇輕，嫩紅雙臉似花明，兩條眉黛遠山橫❸。鳳簫歇，鏡塵生，遼塞音書絕，夢魂長暗驚。玉郎經歲負娉婷，教人怎不恨無情。

【注　釋】

❶簟：竹製的席子。

❷象紗：一種紗名。

❸眉黛遠山橫：指女子化的妝。古代文學中常以遠山喻美人之眉。

【簡　析】

全詞抒寫主人公之情思，以輔飾之麗句表現她的哀怨。

獻衷心

繡鴛鴦帳暖，畫孔雀屏欹。人悄悄，明月時。想昔年歡笑，恨今日分離。銀釭背❶，銅漏永，阻佳期。　小爐煙細，虛閣簾垂。幾多心事，暗地思惟。被嬌娥牽役，魂夢如癡。金閨裡，山枕上，始應知。

【注釋】

❶銀釭：銀製的燈具。

【簡析】

寫男女別情。以今昔對比，表現女主人公的惆悵情懷。前二句極簡練，人稱「折腰句法」。

應天長

瑟瑟❶羅裙金線縷，輕透鵝黃香畫袴。垂交帶，盤鸚鵡❷，嫋嫋翠翹移玉步。　背人勻檀注❸，慢轉橫波偷覷。斂黛春情暗許，倚屏慵不語。

【注　釋】

❶瑟瑟：本喻風聲，此處借指羅裙金縷的聲音。

❷鸂鶒：帶上的花紋或圖案。

❸檀注：口唇上的胭脂。

【簡　析】

這首詞描寫一位女子暗動春情的情貌，極為傳神。

訴衷情

香滅簾垂春漏永，整鴛衾。羅帶重，雙鳳❶，縷黃金❷。窗外月光臨。沉沉，斷腸無處尋，負春心。

【注　釋】

❶雙鳳：衣上圖案。

❷縷黃金：以金線裝飾。

【簡　析】

在一個春天的深夜，女主人公深沉地表達了自己的哀怨。詞雖只短短幾句，卻鏗鏘有力。與下一首為聯章之體。

其　二

永夜❶拋人何處去，絕來音。香閣掩，眉斂，月將沉。怎忍不相尋。怨孤衾。換我心為你心，始知相憶深。

【注　釋】

❶永夜：長夜。

【簡　析】

直抒心臆，一氣呵成。換我心，為你心，是感情的高潮。

荷葉杯

春盡小庭花落，寂寞，憑檻斂❶雙眉。忍教成病憶佳期，知麼知❷，知麼知。

【注釋】

❶斂：皺眉。

❷知麼知：麼，助詞。

【簡析】

相思成病，可有人知？兩處「知麼知」，如泣如訴。

其二

歌發誰家筵上，寥亮❶，別恨正悠悠。蘭釭（ㄍㄤ）背帳月當樓，愁麼愁，愁麼愁？

【注　釋】

❶寥亮：嘹亮。

【簡　析】

懷人之作。與上一首風格相同。

其　三

弱柳好花盡拆，晴陌❶，陌上少年郎。滿身蘭麝撲人香，狂麼狂，狂麼狂。

【注　釋】

❶晴陌：晴天的路徑。

【簡　析】

正面直寫自己傾心的男子。

其四

記得那時相見，膽顫❶，鬢亂四肢柔。泥人無語不抬頭，羞麼羞，羞麼羞？

【注釋】

❶膽顫：羞澀小心的樣子。

【簡析】

男子追想當初相見時，女子的嬌羞之態。

其五

夜久歌聲怨咽❶，殘月，菊冷露微微。看看濕透縷金衣，歸麼歸，歸麼歸？

【注　釋】

❶怨咽：惆悵怨憤。

【簡　析】

遙思戍夫，呼喚歸來。

其　六

我憶君詩最苦，知否？字字盡關心❶。紅箋❷寫寄表情深，吟麼吟，吟麼吟？

【注　釋】

❶關心：關情、動情。

❷紅箋：紙張的美稱。

【簡　析】

將相思之苦訴諸紙筆，互相唱和，卻依然沉著。

其七

金鴨香濃鴛被，枕膩❶，小髻簇花鈿。腰如細柳臉如蓮，憐麼憐，憐麼憐？

【注釋】

❶膩：光滑。

【簡析】

為伊銷得人憔悴。

其八

曲砌蝶飛煙暖❶，春半，花發柳垂條。花如雙臉柳如腰，嬌麼嬌，嬌麼嬌？

【注　釋】

❶砌：台階。

【簡　析】

女子本來的嬌媚之狀。

其　九

一去又乖❶期信，春盡，滿院長莓苔。手挼（ㄋㄨㄛˊ）裙帶獨徘徊，來麼來，來麼來？

【注　釋】

❶乖：誤。

【簡　析】

再現盼郎歸的徘徊嬌癡情狀。

漁歌子

曉風清，幽沼❶綠，倚欄凝望珍禽浴。畫簾垂，翠屏曲，滿袖荷香馥郁。好攄❷懷，堪寓目，身閒心靜平生足。酒杯深，光影促❸，名利無心較逐。

【注　釋】

❶沼：池塘。

❷攄：舒暢、發表。

❸光影促：人生苦短。

【簡　析】

就題發揮之作，完全憑構思製作出來的風物畫面，表現個人的清高，但不夠自然。

臨江仙

碧染長空池似鏡，倚樓閒望凝情。滿衣紅藕細香清。象床珍簟（ㄉㄧㄢˋ）❶，山障掩，玉琴橫。

暗想昔時歡笑事，如今贏得愁生。博山❷爐暖澹煙輕。蟬吟人靜。殘日傍，小窗明。

【注釋】

❶象床珍簟：華貴的用具。

❷博山：香爐。

【簡析】

輕靈的筆觸、悠淡的情調，述說一個幽居者的故事。

其二

幽閨小檻春光晚，柳濃花澹鶯稀。舊歡思想尚依依。翠嚬紅斂，終日損芳菲。

何事狂夫音信斷，不如梁燕猶歸。畫堂深處麝煙微。屏虛枕冷，風細雨霏霏。

【注　釋】

❶麝煙：熏香。

【簡　析】

用感情色彩頗為鮮明的詞語，描繪一位思婦失落的心理。

其　三

月色穿簾風入竹，倚屏雙黛愁時。砌花含露兩三枝，如啼恨臉，魂斷損容儀。

香爐暗消❶金鴨冷，可堪辜負前期。繡襦ㄖㄨˊ不整鬢鬟欹ㄧ。幾多惆悵，情緒在天涯。

【注　釋】

❶消：熄滅。

【簡　析】

「月色穿簾風入竹」，一開始就把人帶進一個寂寥的境界。通過層層寫景，女主人公惆悵、悲苦的心情令人為之動容。

醉公子

漠漠秋雲澹，紅藕香侵檻。枕欹小山屏，金鋪❶向晚扃（ㄐㄩㄥ）❷。

睡起橫波慢，獨望情何限。衰柳數聲蟬，魂消似去年。

【注釋】

❶金鋪：門上的鋪首。

❷扃：閉門。

【簡析】

去年已嘗夠別離滋味，於今依然似去年般黯然銷魂。可見思婦之情深意篤，一如當初。

其二

岸柳垂金線，雨晴鶯百囀。家住綠楊邊，往來多少年。
馬嘶芳草遠，高樓簾半卷。斂袖翠蛾攢，相逢爾許❶難。

【注釋】

❶爾許：一些。

【簡析】

感嘆人生相見之稀，頗似「更隔蓬山一萬重」的感覺。

更漏子

舊歡娛，新悵望，擁鼻含顰❶樓上。濃柳翠，晚霞微，江鷗接翼飛。
簾半卷，屏斜掩，遠岫參差迷眼。歌滿耳，酒盈樽，前非不要論。

【注　釋】

❶擁鼻含顰：指鼻酸眉蹙，情深心痛的樣子。

【簡　析】

取今昔、悲樂二種形式的對比，表現出詞中思婦的悲苦。雖欲極力擺脫，其創傷實難癒合。

孫光憲十三首

浣溪沙

蓼岸風多橘柚香，江邊一望楚天長，片帆❶煙際閃孤光。

目送征鴻飛杳杳，思隨流水去茫茫，蘭紅波碧憶瀟湘。

【注　釋】

❶片帆：一葉扁舟。

【簡　析】

借寫景之筆，抒發惜別留戀之情。「片帆煙際閃孤光」極妙。

其　二

桃杏風香簾幕閑，謝家門户約花關❶，畫梁幽語燕初還。
繡閣數行題了壁❷，曉屏一枕酒醒山，卻疑身是夢魂間。

【注　釋】

❶約花關：繁花深閉於門。
❷了壁：了，完成；壁，牆壁。

【簡　析】

寫男子歸來後的生活和感受，有晏小山「猶恐相逢是夢中」的韻味。上景下情，景情相洽。

其三

花漸凋疏不耐風，畫簾垂地晚堂空，墮階縈蘚舞愁紅。

膩粉❶半沾金靨子，殘香猶暖繡熏籠，蕙心❷無處與人同。

【注釋】

❶膩粉：指落花。

❷蕙心：芳心。指掃人閨思之心。

【簡析】

描寫閨婦之形象和複雜的哀愁，筆調雅致、含蓄。

其四

攬鏡無言淚欲流，凝情半日懶梳頭，一庭疏雨濕春愁。

楊柳只知傷怨別，杏花應信損嬌羞，淚霑魂斷軫❶離憂。

【注　釋】

❶ 軫：悲傷。

【簡　析】

直抒離愁傷情，令人悶結。「一庭疏雨濕春愁」為秀句。

其五

半踏長裾宛約行❶，晚簾疏處見分明。此時堪恨昧平生。

早是銷魂殘燭影，更愁聞著品絃聲。杳無消息若為情。

【注　釋】

❶ 踏：步。半踏：小步。裾：衣服的前後襟。

【簡　析】

寫一位男子暗念某女子的單相思。上片首二句是主觀臆想，後句寫恨不相識；下片抒思念之苦。造語自然，風格清新。

其六

蘭沐❶初休曲檻前，暖風遲日洗頭天，濕雲❷新斂未梳蟬。

翠袂半將遮粉臆❸，寶釵長欲墜香肩，此時模樣不禁憐。

【注釋】

❶蘭沐：指以蘭湯洗頭。

❷雲：髮也。

❸蟬：鬢也。

❹臆：酥胸。

【簡析】

寫一新沐女子風流窈窕的可愛樣子，筆調自然而純真。

其七

風遞❶殘香出繡簾，團窠（ㄎㄜ）金鳳❷舞襜（ㄔㄢ）襜，落花微雨恨相兼。
何處去來狂太甚，空推宿酒睡無厭，怎教人不別猜嫌。

【注釋】

❶遞：吹送。

❷團窠金鳳：指簾上的圖案。

【簡析】

寫一女子對避而不見的男子心生怨憤。

其八

輕打❶銀箏墜燕泥，斷絲高罥（ㄐㄩㄢˋ）❷畫樓西，花冠❸閒上午牆啼。
粉籜（ㄊㄨㄛˋ）❹半開新竹徑，紅苞盡落舊桃蹊，不堪終日閉深閨。

【注　釋】

❶輕打：輕調之意。

❷罥：懸掛。

❸花冠：指雞。

❹籜：竹皮。

【簡　析】

狀擬女子春思無窮，不忍辜負大好韶光。

其　九

烏帽❶斜欹倒佩魚❷，靜街偷步訪仙居。隔牆應認打門初。

將見客時微掩斂，得人憐處且生疏。低頭羞問壁邊書。

【注　釋】

❶烏帽：指烏紗帽。

❷佩魚：指達官貴人。

【簡析】

寫士、女之間的交情及其微妙關係。上片寫士，下片寫女，分別敘之。女子情態逼真。

河傳

太平天子❶，等閒遊戲，疏河千里。柳如絲，偎倚綠波春水，長淮風不起。

如花殿腳三千女，爭雲雨，何處留人住？錦帆風，煙際紅，燒空，魂迷大業中。

【注釋】

❶太平天子：指隋煬帝。

【簡析】

詠隋煬帝開運河南遊舊事，於鋪敘中見懷古之情。

其二

柳拖❶金縷，著煙籠霧，濛濛落絮。鳳凰舟上楚女，妙舞，雷喧波上鼓。

龍爭虎戰分中土，人無主，桃葉江南渡。襞ㄅㄧˋ❷花箋，豔思牽，成篇，宮娥相與傳。

【注釋】

❶拖：曳。

❷襞：折疊。

【簡析】

承上首，詠煬帝幸江南事。

其三

花落，煙薄，謝家池閣，寂寞春深。翠蛾輕斂意沉吟，霑襟。無人知此心。　玉爐香斷霜灰❶冷，簾鋪影，梁燕歸紅杏。晚來天，空悄然。孤眠，枕檀❷雲髻偏。

【注釋】

❶霜灰：指灰燼白如霜。

❷枕檀：用檀木為枕。

【簡析】

情調舒緩、憂鬱，不難看出是寫懷人女子之情思。

其四

風颭(ㄓㄢˇ)，波斂，團荷閃閃，珠傾露點。木蘭舟上，何處吳娃越豔？藕花紅照臉。　大隄❶狂殺襄陽客，煙波隔，渺渺湖光白。身已歸，心不歸。斜暉，遠汀鸂(ㄒㄧ)鶒飛。

【注　釋】

❶大隄：古代名曲。

【簡　析】

寫羈旅之思，在花間詞中很少見。飄泊者入詞，到柳永時方才大興。

卷八

五十首

孫光憲四十八首

菩薩蠻

月華如水籠香砌❶，金環❷碎撼❸門初閉。寒影墮高簷，鉤垂一面簾。　碧煙輕嫋嫋，紅戰燈花笑❹。即此是高唐，掩屏秋夢長。

【注　釋】

❶砌：台階。

❷金環：門上的環，供敲門用。

❸撼：搖動。閉門時門環震蕩。所以說撼碎。

❹「紅戰」句：因燈花爆裂時產生紅光一閃，故云。

【簡　析】

孫光憲組詞《菩薩蠻》五首，分別敘女子與其情郎分別後的思憶和想像。此首寫別後的孤獨。

其二

花冠❶頻鼓牆頭翼，東方淡白連窗色。門外早鶯聲，背樓殘月明。　薄寒籠醉態，依舊鉛華❷在。握手送人歸，半拖金縷衣。

【注釋】

❶花冠：借指公雞。

❷「鉛華」句：化妝用的鉛粉。此處指殘妝猶在。

【簡析】

映出情人歡聚後，女子於黎明時送走戀人的鏡頭。

其三

小庭花落無人掃，疏香滿地東風老。春晚信沉沉，天涯何處尋。
曉堂屏❶六扇，眉共湘山遠。怎奈別離心，近來尤不禁ㄐㄧㄣ❷。

【注釋】

❶屏：屏風。

❷尤不禁：尤其忍不住。

【簡析】

寫別離之情深意重，氣幽情結。

其四

青巖碧洞經朝雨，隔花相喚南溪去。一隻木蘭船，波平遠浸天。
扣舷驚翡翠❶，嫩玉擡香臂。紅日欲沉西，煙中遙解觿ㄒㄧ❷。

【注　釋】

❶翡翠：指鳥兒。

❷觽：解繩結的椎子，男子之佩飾。

【簡　析】

極其含蓄地寫出情人在水上遊樂、幽會的情景。

其　五

木綿❶花映叢祠小，越禽聲裡春光曉。銅鼓與蠻歌，南人祈賽多。

客帆風正急，茜袖偎檣立。極浦幾回頭，煙波無限愁。

【注　釋】

❶木棉：木棉樹，落葉喬木。產於兩廣。

【簡　析】

用自己思念的情懷，忖度女子或許也有同樣的心情。上片寫南方水上祈賽之會，下片寫舟中女子對自己情有獨鍾。

河瀆神

汾水碧依依，雲落葉初飛。翠華❶一去不言歸，廟門空掩斜暉。

四壁陰森排古畫，依舊瓊輪羽駕。小殿沉沉清夜，銀燈飄落香灺（ㄒㄧㄝˋ）❷。

【注　釋】

❶翠華：指皇帝的儀仗。

❷灺：燭灰。

【簡　析】

湯顯祖：「原題本旨，直書祠廟中事。」用連串景物反襯人去情在的寂寞。不宜做題外分析。

其二

江上草芊芊❶，春晚湘妃❷廟前。一方柳色楚南天，數行征雁聯翩。獨倚朱闌情不極❸，魂斷終朝相憶。兩槳不知消息，遠汀時起鸂鶒（ㄒㄧ ㄔˋ）。

【注　釋】

❶芊芊：草勢茂盛。

❷湘妃：用娥皇、女英事。傳說舜帝南巡，死於蒼梧，二妃追至瀟湘，淚盡而死。

❸不極：沒有盡頭。相當於「無限」。

【簡　析】

此詞說女子相思情深，無法得到良人的消息，更無法排遣相思，愈見愁苦。

虞美人

紅窗寂寂無人語，暗澹梨花雨。繡羅紋地粉新描，博山香炷（ㄓㄨˋ）旋抽條❶，暗魂消。　天涯一去無消息，終日長相憶。教人相憶幾時休？不堪振（ㄔㄥˊ）❷觸別愁，淚還流。

【注　釋】

❶抽條：香穗。

❷振：觸動。

【簡　析】

抒發相思情緒。上片以景襯情，情景交融；下片直言相思。「淚還流」，即言不盡相思淚如舊，更見其苦。

其　二

好風微揭簾旌起，金翼鸞❶相倚。翠簷愁聽乳禽聲，此時春態暗關情，獨難平。畫堂流水空相翳❷，一穗香搖曳。教人無處寄相思。落花芳草過前期，沒人知。

【注　釋】

❶金翼鸞：言簾上之畫。

❷翳（一ˋ）：遮蔽、掩蓋的樣子。

❸「一穗」句：穗，指香柱。此句指香煙繚繞。

【簡　析】

絕望而執著的感情，即使無處表達，無人會意，終難擯斥。後來晏殊名句「欲寄彩箋兼尺素，山長水闊知何處」，意與此同。

後庭花

景陽鐘動❶宮鶯囀（ㄓㄨㄢˇ），露涼金殿。輕飆（ㄅ一ㄠ）吹起瓊花旋，玉葉如翦。晚來高閣上，珠簾卷，見墜香千片。修蛾慢臉陪雕輦（ㄋ一ㄢˇ），後庭新宴。

【注釋】

❶景陽鐘動：宮廷報時的鐘。南齊武帝因宮深，聽不到端門鼓漏聲，置鐘於景陽臺上。宮女聞鐘聲，早起裝飾。

【簡析】

《後庭花》二曲為孫光憲詠史之作。本詞詠陳主荒政。

其二

石城❶依舊空江國，故宮春色。七尺青絲芳草碧❷，絕世難得。

玉英凋落盡，更何人識，野棠如織。只是教人添怨憶，悵（ㄔㄤ）望無極。

【注釋】

❶石城：石頭城，即金陵。

❷「七尺」句：張貴妃髮長七尺，其光可鑑。此句以青草喻張妃美髮。

【簡　析】

此詞詠張妃（張麗華）遺事，更兼人生之感慨。用語疏朗婉麗。

生查子

寂寞掩朱門，正是天將暮。暗澹小庭中，滴滴梧桐雨。

繡工夫，牽心緒，配盡鴛鴦縷❶。待得沒人時，偎倚論私語。

【注　釋】

❶鴛鴦縷：繡物所配金線。

【簡　析】

前人云：上片寫寂靜，下片寫幽怨。怒而不怒，足耐回味。

其　二

暖日策花驄❶，嚲鞚❷垂楊陌。芳草惹煙青，落絮隨風白。
誰家繡轂動香塵，隱映神仙客。狂殺玉鞭郎，咫尺音容隔。

【注釋】

❶花驄：駿馬，

❷嚲鞚：下垂的馬籠頭。

【簡析】

「盈盈一水間，脈脈不得語。」雖近在咫尺，卻遠似天邊，正是此詞所要表達的感情。

其三

金井墮高梧，玉殿籠斜月。永巷寂無人，斂態愁堪絕。
玉爐寒，香燼滅，還似君恩歇❶。翠輦不歸來，幽恨將誰說？

【注　釋】

❶歇：停止。意即薄倖。

【簡　析】

落花有意，流水無情。這癡情女子由愛生恨，恨亦愛之深的表現。滿腔愛恨，無法訴說，怎不教她更「恨」死情郎？

臨江仙

霜拍井梧乾葉墮，翠帷雕檻初寒。薄鉛殘黛稱花冠。含情無語，延佇倚闌干。杳杳征輪何處去，離愁別恨千般。不堪心緒正多端，鏡奩長掩，無意對孤鸞❶。

【注　釋】

❶孤鸞：指鏡中的影子。自喻。

【簡析】

離愁別恨千般，更教人百無聊賴。孤獨女子無法去追逐那偷心人，也不敢面對鏡中自己隻影形單的苦況。

其二

暮雨淒淒深院閉，燈前凝坐初更。玉釵低壓鬢雲橫，半垂羅幕，相映燭光明。

終是有心投漢佩（ㄆㄟˋ）❶，低頭但理秦箏。燕雙鸞耦（ㄡˇ）不勝（ㄕㄥ）情，只愁明發❷，將逐楚雲行。

【注釋】

❶漢佩：指定情物。用鄭交甫事。鄭交甫南去楚國，遇佩珠的兩個女子。鄭目挑之，二女解佩贈之。

❷明發：指天明。

【簡析】

寫女子獨坐深夜，往事前塵盡湧心頭，不知相思何時盡。

酒泉子

空磧（ㄑㄧˋ）無邊，萬里陽關❶道路。馬蕭蕭，人去去，隴雲愁。

香貂舊製戎衣窄，胡霜千里白。綺羅心，魂夢隔，上高樓❷。

【注釋】

❶陽關：西行出塞必經之路。

❷「綺羅心」三句：過往情深，今日惟有空隔魂夢，登高望夫歸。

【簡析】

抒寫邊塞閨情之作。上片寫邊人，下片寫閨思。

其二

曲檻小樓，正是鶯花二月。思無聊，愁欲絕，鬱離襟。

展屏空對瀟湘水❶，眼前千萬里。淚掩紅，眉斂翠，恨沉沉。

【注　釋】

❶ 瀟湘水：指屏上瀟湘八景之畫。

【簡　析】

懷人幽思，以情襯情。以景關情，情景互敘，皆見情思。

其　三

斂態窗前，嫋嫋雀釵抛頸❶。燕成雙，鸞對影，耦新知。玉纖澹拂眉山小，鏡中嗔（ㄔㄣ）共照。翠連娟，紅縹（ㄆㄧㄠˇ）緲（ㄇㄧㄠˇ），早妝時。

【注　釋】

❶ 抛頸：歪斜地置於頸項邊的頭髮上。

【簡　析】

寫美人晨妝，並寄懷春之情，含蘊深婉，隱而不發。

清平樂

愁腸欲斷，正是青春半。連理❶分枝鸞失伴，又是一場離散。　掩鏡無語眉低，思隨芳草萋萋。憑仗東風吹夢，與郎終日東西。

【注　釋】

❶連理：樹木不同的枝相連結。

【簡　析】

以淒苦的聯想盡述柔情蜜意，語極誠摯而情極哀婉。

其　二

等閒無語，春恨如何去？終是疏狂留不住，花暗柳濃何處？

盡日目斷魂飛，晚窗斜界殘暉❶。長恨朱門薄暮，繡鞍驄ㄘㄨㄥ馬空歸❷。

【注釋】

❶「晚窗」句：界，劃線。意為殘暉一線，斜入晚窗。

❷「繡鞍」句：猶《醉公子》「醉則同他醉，還勝獨睡時」意。

【簡析】

寫女子盼郎歸的矛盾心理。上片訴郎未歸的怨情，下片道郎歸的遺恨。男子尋花問柳，女子無奈，然而積怨甚深。

更漏子

聽寒更，聞遠雁，半夜蕭娘深院。扃❶繡户，下珠簾，滿庭噴玉蟾❷。

人語靜，香閨冷，紅幕半垂清影。雲雨態，蕙蘭心，此情江海深。

【注釋】

❶扃（ㄐㄩㄥ）：關閉。

❷玉蟾（ㄔㄢˊ）：指月光。

【簡析】

抒女子相思之情，獨處之淒。寫閨情以景語道出，哀而不怨，見其沉綿深摯。

其二

今夜期，來日別，相對只堪愁絕。偎（ㄨㄟ）粉面，撚（ㄋㄧㄢˇ）瑤簪（ㄗㄢ），無言淚滿襟。銀箭落，霜華薄，牆外曉雞咿喔❶。聽吩囑，惡情悰（ㄘㄨㄥ），斷腸西復東。

【注釋】

❶咿喔：雞鳴聲。

【簡 析】

歡會短而易逝，別離遠而難期，雖暫時相偎，亦不免為情思所苦。此詞表現出女子的癡情愁絕，極為感人。

女冠子

蕙風芝露，壇際殘香輕度。蕊珠❶宮，苕點分圓碧，桃花踐破紅。

品流巫峽外，名籍紫微中。真侶墉（ㄩㄥ）城會，夢魂通。

【注 釋】

❶ 蕊珠：仙人所居，與後面紫微、墉城俱為仙府。

【簡 析】

詠本調，但在藝術表現上突破了單純詠本調詞之手法，使人難分究竟寫仙還是寫人，猶如詠物詞中物我難分之境。

其二

淡花瘦玉，依約❶神仙妝束。佩瓊文❷，瑞露通宵貯，幽香盡日焚。碧紗籠絳（ㄐㄧㄤˋ）節❸，黃藕❹冠濃雲。勿以吹簫伴❺，不同群。

【注釋】

❶依約：隱約。

❷瓊文：赤玉的裝飾。

❸「碧紗」句：籠，蒙住、覆蓋。節，符節；作法時用。

❹黃藕：道家帽子的顏色。

❺吹簫伴：借用蕭史與弄玉的故事。

【簡析】

唐宋時女道士有許多權利並不亞於俗家女子，但生活起居清雅。此詞即側面反映她們的生活。

風流子

茅舍槿（ㄐㄧㄣˇ）籬溪曲，雞犬自南自北。菰（ㄍㄨ）❶葉長，水葒（ㄏㄨㄥˊ）❷開，門外春波漲綠。聽織，聲促，軋軋鳴梭穿屋。

【注　釋】

❶菰：水澤中的一種植物。

❷水葒：一種供觀賞的植物，長於水邊。

【簡　析】

寫江南水鄉景色，筆調純樸自然，所攝意象疏淡而富於含蘊，為花間集所罕見。《栩莊漫記》云：「《花間集》中忽有此淡樸詠田家耕織之詞，誠為異采。」

其　二

樓倚長衢（ㄑㄩˊ）欲暮，瞥（ㄆㄧㄝ）見神仙伴侶。微傅粉❶，攏梳頭，隱映畫簾開處。無語，無緒，慢曳羅裙歸去。

【注釋】

❶傅粉：擦粉。

【簡析】

寫女子倩影離窗倏去，思慕者空留惆悵，而佳人也似有難言的苦衷。用語真率，詞情自然。

其三

金絡玉銜嘶馬，繫向綠楊陰下。朱戶掩，繡簾垂，曲院水流花謝。歡罷，歸也，猶在九衢深夜。

【簡析】

純粹敘述一次幽會，描繪幾個畫面，但情在象外，韻味幽遠。

定西番

雞祿山❶前遊騎，邊草白，朔天明，馬蹄輕。　鵲面弓離短韔❷，彎來月欲成。一隻鳴髇雲外，曉鴻驚。

【注　釋】

❶雞祿山：疑為雞祿塞。在今內蒙境內。

❷「鵲面」句：鵲面，弓名。韔，古代裝弓的袋子。

【簡　析】

詞詠本調，全寫邊境情事，頗顯剛健清新之氣，在《花間集》中別具風格。

其　二

帝子❶枕前秋夜，霜幄冷，月華明，正三更。　何處戍樓寒笛？夢殘聞一聲。遙想漢關萬里，淚縱橫。

【注　釋】

❶帝子：皇帝子女的通稱。此處可理解為某位戍邊的男子，征夫。

【簡　析】

寫征夫思鄉之情。唐詩中不少戍卒閨婦之作，然五代詞較為少見。這首詞題材上有特殊之處，尤其於花間詞盛行之際。

何滿子

冠劍❶不隨君去，江河還共恩深。歌袖半遮眉黛慘❷，淚珠旋滴衣襟。惆悵雲愁雨怨，斷魂何處相尋？

【注　釋】

❶冠劍：帽子和劍。

❷慘：愁苦的樣子。

【簡　析】

睹物思人，觸景生情，雖遠隔江河，但恩愛依舊。著力突出女子與人相戀的情意。

玉胡蝶

春欲盡，景仍長，滿園花正黃。粉翅兩悠颺，翩翩過短牆。鮮飆❶暖，牽遊伴，飛去立殘芳。無語對蕭娘，舞衫沉麝香。

【注　釋】

❶鮮飆：好風、春風。

【簡　析】

詞詠本調，寫蝶之自由相伴。結句寫蝶之芳香，喻其高潔。全詞跌宕起伏，節奏明快。

八拍蠻

孔雀尾拖金線長，怕人飛起入丁香❶。越女沙頭爭拾翠，相呼歸去背斜陽。

【注　釋】

❶丁香：南方的一種常綠喬木，花可供藥用。

【簡　析】

這首詞的詞調借自蠻人山歌，故詞中句平淺如畫，依然保持著民間本色，體現出一種難得的創作風格。

竹枝

門前春水竹枝白蘋花女兒，岸上無人竹枝小艇斜女兒。商女經過竹枝江欲暮女兒，散抛殘食竹枝飼神鴉女兒。

【注　釋】

❶神鴉：《岳陽風土記》云：「巴陵鴉甚多，土人謂之神鴉。」

【簡　析】

《竹枝》乃唐代民歌，流行於今川東及兩湖的長江流域，聲情優美。孫光憲《竹枝》二首作於荊南仕任上。此詞獨到之處，在於將詞體之物美與民歌之神理融為一體，以春江遲暮的荒寂作背景，通過商女、神鴉的偶然小事，道出其身世不諧的難言苦衷，意境極恬淡，不無幽渺荒誕之色彩。《古今詞統》評云：「偶然小事，寫得幽誕，可見孫光憲藝術慧眼獨到之處。」

其　二

亂繩千結竹枝絆❶人深女兒，越羅萬丈竹枝表❷長尋女兒。楊柳在身竹枝垂意緒女兒，藕花落盡竹枝見蓮心❸女兒。

【注　釋】

❶ 絆：牽繫。

❷ 表：外衣。

❸ 蓮心：蓮同憐，即愛憐之心。

【簡　析】

全詞運用比喻和聯想描繪楊柳，極其含蓄曲折地揭示男子對女子的追求和期待。首句寫楊柳枝條飄飛如欲絆人，二句寫楊柳技條繁盛如羅衣，三、四句點明主題，希望女子終能委身於他。

思帝鄉

如何，遣情情更多。永日水堂❶簾下，斂羞蛾。六幅羅裙窣ㄙㄨˋ地，微行曳碧波。看盡滿池疏雨，打團荷。

【注　釋】

❶水堂：即水閣，水邊樓閣。

【簡　析】

寫女子欲忘情卻愁腸百結，運筆清健，表現深閨情致，一波三折，愁苦難言。

上行杯

草草離亭鞍馬，從遠道，此地分衿❶，燕宋秦吳千萬里。
無辭一醉，野棠開，江草濕。佇立，霑衣泣，征騎駸駸❷。

【注釋】

❶「從遠道」句：言自此將分別，各自遠行。

❷「征騎」句：征騎疾馳，身不由己。駸駸，馬行疾速貌。

【簡析】

《上行杯》二首敘述與故人相別，剛健道勁而不失溫婉，曲致而得清峻之情，卓立於花間之詞而生面別開。

其二

離棹逡巡❶欲動，臨極浦，故人相送。去住心情知不共。
金船❷滿捧，綺羅愁，絲管咽。回別，帆影滅，江浪如雪。

【注　釋】

❶逡巡：徘徊不前的樣子。

❷金船：大酒杯。

【簡　析】

詞寫送別，虛實相間，含蓄深婉，以有限物事寫無限情思，耐人尋味。一詞而兼沉鬱、俊逸之美，屬藝術境界之上乘。

謁金門

留不得，留得也應無益。白紵（ㄓㄨˋ）春衫如雪色，揚州初去日。

輕別離，甘拋擲，江上滿帆風疾。卻羨彩鴛三十六，孤鸞❶還一隻。

【注　釋】

❶孤鸞：喻自己之孤苦。

【簡析】

這是一首如怨如憤的閨詞。首二句：「留不得」、「留得也應無益」劈空而來，強勁有力。《藝概》說：「大抵起句非漸引即頓入，其妙在筆未到而氣已吞。」所言確是此詞特別所在。詞寫為人拋棄的女子怨恨而又無法擺脫的愛情，在表現上顛覆迴轉，極盡「詞之言長」之能，頗為曲折，得一唱三嘆之致。

思越人

古臺平，芳草遠，館娃❶宮外春深。翠黛空留千載恨，教人何處相尋。

綺羅無復當時事，露花點滴香淚。惆悵遙天橫綠水，鴛鴦對對飛起。

【注釋】

❶館娃：吳宮。

❷橫綠水：即一衣帶水。

【簡　析】詠西施古事，表現閨怨。以今日情，追思古人之事，再由過去回到現在，以景見情。詠懷詞中佳調，雖體小而思遠。

其　二

渚(ㄓㄨˇ)蓮枯，宮樹老，長洲❶廢苑蕭條。想像玉人❷空處所，月明獨上溪橋。

經春初敗❸秋風起，紅蘭綠蕙愁死。一片風流傷心地，魂銷目斷西子。

【注　釋】

❶長洲：苑名，今江蘇吳縣西南。吳王闔閭遊獵處。

❷玉人：指西子而言。

❸經春初敗：經春，指美好時光已成過去；敗，指吳王戰敗。

【簡　析】

古蹟給人多少興亡感慨！劉禹錫頌《石頭城》，李白寫《烏棲曲》，孫光憲同樣免不了心蓄興亡之慨。《栩莊漫記》云：「『月明獨上溪橋』，所謂傷心人別有懷抱也。」

楊柳枝

閶（ㄔㄤ）門❶風暖落花乾❷，飛遍江城雪不寒。獨有晚來臨水驛，閒人多憑赤闌干❸。

【注　釋】

❶閶門：宮門。
❷乾：乾燥。
❸赤闌干：赤闌橋上的欄杆。赤闌橋：長安名橋，築於隋。此處虛指。

【簡　析】

孫光憲《楊柳枝》四首皆詠江南情思，寓興亡之嘆。本詞寫楊花，意象飄忽，見幽渺之美。

其二

有池有榭(ㄒㄧㄝˋ)即濛濛❶，浸潤翻成長養功。恰似有人長點檢，著行排立向春風。

【注釋】

❶濛濛：微雨的樣子。此處指柳絮紛飛如濛濛雨。

【簡析】

以傳神的筆法寫出柳樹柔弱之外的另一種氣象：排得整齊有序，彷彿等待檢閱一般。

其三

根柢❶雖然傍濁河，無妨終日近笙歌。驂(ㄘㄢ)驂金帶❷誰堪比，還共黃鸞不較多。

【注釋】

❶根柢：樹根。

❷驂驂金帶：謂柳絲如金帶紛飛。驂，本指駕同一車的三匹馬，在此意為紛紛相隨。

【簡析】

此詞以柳諷喻世事，正話反說，於其中透露興亡之思，含警世深意，花間詞中少見。

其四

萬株枯槁（ㄕㄥ）❶怨亡隋，似弔吳臺各自垂。好是淮陰明月裏，酒樓橫笛不勝吹。

【注釋】

❶枯槁：樹木枯亡。

【簡析】

抒寫詠吊隋亡的感嘆。

望梅花

數枝開與短牆平，見雪萼❶、紅跗❷相映，引起誰人邊塞情？
簾外欲三更，吹斷離愁月正明，空聽隔江聲。

【注釋】

❶萼：花萼。

❷跗：花萼的基部。

【簡析】

借題生發，實際寫離愁，句句用韻，聲律優美，有異於他作。

漁歌子

草芊芊，波漾漾，湖邊草色連波漲。沿蓼岸，泊楓汀，天際玉輪❶初上。扣舷歌，聯極望，槳聲伊軋知何向。黃鵠叫，白鷗眠，誰似儂家疏曠❷。

【注　釋】

❶玉輪：月亮。

❷疏曠：無拘無束，心情開闊。

【簡　析】

詞寫太湖漁夫自樂之情，感情質樸，用詞清淡，自然渾成，毫無堆砌之感，得張志和「西塞山前白鷺飛」之意味。

其　二

泛流螢，明又滅，夜涼水冷東灣闊。風浩浩，笛寥寥，萬頃金波澄澈❶。杜若洲，香郁烈，一聲宿雁霜時節。經霅（ㄓㄚˊ）❷水，過松江，盡屬儂家日月。

【注　釋】

❶金波：指水面上的月光。

❷霅：高溪。在今浙江吳興縣，注入太湖。

【簡　析】

寫太湖夜景，景中見情，造語雄勁，氣韻深厚。湯顯祖評本《花間集》以為：「竟奪了張志和、張季鷹坐席，忒覺狠些。」可見此詞之影響。

魏承班二首

菩薩蠻

羅裾(ㄐㄩ)薄薄秋波❶染，眉間畫時山兩點。相見綺筵時，深情暗共知。

翠翹(ㄑㄧㄠˊ)❷雲鬢動，斂態彈金鳳❸。宴罷入蘭房，邀人解珮(ㄆㄟˋ)璫(ㄉㄤ)。

【注　釋】

❶秋波：秋水般的顏色。

❷翠翹：金釵的一種。

❸金鳳：琴、箏等樂器的一種。

【簡　析】

寫一女子與所愛之人宴飲後相悅之情，用語直露，女子主動示情之狀栩栩如生。《柳塘詞話》云：「承班詞更淺而近，更寬而盡。」即指此而言。

其　二

羅衣隱約金泥❶畫，玳筵❷一曲當秋夜。聲戰覷（ㄑㄩˋ）人嬌，雲鬟嫋（ㄏㄨㄤˋ）翠翹。

酒醺紅玉❸軟，眉翠秋山遠。繡幌麝煙沉，誰人知兩心。

【注釋】

❶金泥：金粉。

❷玳筵：以玳瑁裝飾用具的盛宴。

❸紅玉：指人面。此處當指女子酒後微醒時紅艷的臉龐。

【簡析】

女子或許是青樓女子，在宴席間遇上一位令其傾心的男子而深相愛悅，激動不已。上片寫環境情態，下片寫醉後嬌顏，詞清艷冶，然明白如話，體現出魏詞的特色。

卷九

四十九首

魏承班十三首

滿宮花

雪霏霏，風凜凜，玉郎何處狂飲。醉時想得縱風流，羅帳香帷鴛寢。　春朝秋夜思君甚，愁見繡屏孤枕。少年何事負初心，淚滴縷金❶雙衽❷。

【注　釋】

❶縷金：「金縷」倒裝。

❷衽：袖子。

【簡　析】

寫一個癡心女子被輕薄少年遺棄後苦悶的心情。上片以景起句；自「玉郎」起，用少年所處的熱鬧場景反襯女子寂寞的生活。下片如行雲流水，直抒胸臆，包蘊的怨情令人傷懷。

木蘭花

小芙蓉，香旖旎❶，碧玉堂深清似水。閉寶匣❷，掩金鋪❸，倚屏拖袖愁如醉。遲遲好景煙花媚，曲渚鴛鴦眠錦翅。凝然愁望靜相思，一雙笑靨嚬香蕊❹。

【注 釋】

❶旖旎：輕盈柔順的樣子。

❷寶匣：女子的梳妝盒。

❸金鋪：門上的鋪首，一般作龍蛇或其牠野獸的形狀，用來銜住門環。

❸嚬：皺眉。香蕊：喻女性的面容。

【簡 析】

詞中參差不齊的句式，長於表達起伏不定的情感。以芙蓉花輕柔多姿喻己之失意，以鴛鴦之雙雙對對道己之孤單，癡女情篤，是愁似醉。

玉樓春

寂寂畫堂梁上燕，高卷翠簾橫數扇❶。一庭春色惱人來，滿地落花紅幾片。　愁倚錦屏低雪面❷，淚滴繡羅❸金縷線。好天涼月盡傷心，為是玉郎長不見。

【注　釋】

❶橫數扇：排開了幾扇窗門。

❷雪面：女子雪白姣好的容顏。

❸繡羅：女子的衣衫。

【簡　析】

這首詞用清朗的語言，塑造出一個癡心女子，著力寫她的苦悶、相思和企盼。

其　二

輕斂翠蛾❶呈皓齒，鶯囀一枝花影裡。聲聲清迥遏行雲❷，寂寂畫梁塵暗起。　玉斝❸滿斟情未已，促坐王孫公子醉。春風筵上貫珠勻❹，豔色韶顏嬌旖旎。

【注　釋】

❶翠蛾：女子的眉毛。

❷「清迥」句：清迥，清亮而高遠。遏行雲，指歌聲高亢、流暢。

❸玉斝：酒具。

❹貫珠勻：如串珠般圓潤。

【簡　析】

上片細致地描繪了歌妓動人的歌聲，頗有餘音繞梁的韻味。下片著力於狀寫歡樂的場景。面對著美人、美酒，聽著美妙的歌聲，王孫公子早有點「酒不醉人人自醉」了。全詞以明快見長。

訴衷情

高歌宴罷月初盈，詩情引恨情。煙露冷，水流輕，思想夢難成。

羅帳嫋（ㄋㄧㄠˇ）香平，恨頻生。思君無計睡還醒，隔層城❶。

【注釋】

❶層城：傳說中崑崙山上仙人居住的地方。

【簡析】

上下片在結構上互相補充。雖同言一「恨」字，但上下片都既有環境的渲染，又有感情的烘托，從而造成迴環往復的氣勢。

其二

春深花簇小樓臺，風飄錦繡開。新睡覺，步香階，山枕印紅頰。

鬢亂墜金釵，語檀偎❶。臨行執手重重囑❷，幾千回。

【注釋】

❶語檀偎：語，說話；檀，檀香氣；偎，緊挨。

❷囑：叮嚀。

【簡析】

達難達之情，而出語自然。

其三

銀漢❶雲晴玉漏長，蛩❷聲悄畫堂。筠簟❸冷，碧窗涼，紅蠟淚飄香。

皓月瀉寒光，割人腸。那堪獨自步池塘，對鴛鴦。

【注釋】

❶銀漢：銀河。代指夜空。

❷蛩：秋蟲，指蟋蟀。

❸筠簟：竹席。

【簡析】

江淹《別賦》：「黯然銷魂者，惟別而已。」這首詞抒發了女主人公與心上人別離後獨處閨中的寂苦心情。上片道冷寂之景；下片點明了心境的淒楚無奈。「浩月瀉寒光，割人腸」，佳句。

其四

金風輕透碧窗紗，銀釭ㄍㄤ❶燄影斜。倚枕臥，恨何賒ㄕㄜ❷，山掩小屏霞❸。

雲雨別吳娃❹，想容華。夢成幾度繞天涯，到君家。

【注釋】

❶銀釭：燈。

❷賒：多。

❸山：指屏山。全句意為，小屏山掩住雲霞。

❹吳娃：吳地女子。

【簡析】

詞中是對一段舊情的回憶。上片寫男子寂悶無聊的心情，下片道盡其相思之苦。「夢成」兩句是對前面幾句的加深，用語直截淺近，以真情感人。

其五

春情滿眼臉紅綃（ㄒㄧㄠ），嬌妒❶索人饒。星靨（ㄧㄝˋ）❷小，玉璫（ㄉㄤ）❸搖，幾共醉春朝。

別後憶纖腰，夢魂勞。如今風葉又蕭蕭，恨迢迢。

【注釋】

❶嬌妒：女子嬌嗔之態。

❷星靨：形容女子臉上的酒窩。

❸玉璫：耳環類。

【簡析】

與情人別後，追念舊時歡樂。詞的結構，層次非常清晰。上片純然憶舊；下片突然反跌，全作悲語，抒情氣氛為之大變。上下片一直一轉，得異曲同工之妙。

生查子

煙雨晚晴天，零落花無語。難話此時心，梁燕雙來去。
琴韻對薰風，有恨和情撫。腸斷斷絃頻，淚滴黃金縷❶。

【注　釋】

❶黃金縷：衣上所裝飾的圖案。

【簡　析】

上片的著重點在「難話」兩句，千思萬緒，皆因孤獨而起，「雙燕」襯其孤單。下片承上片，意脈不斷。「欲取鳴琴彈，恨無知音賞。」相思之苦，有誰能解其中味？詞人似乎沒有明寫這種思緒產生的原因，但巧妙地暗示了相思的主情感。

其　二

寂寞畫堂空，深夜垂羅幕❶。燈暗錦屏欹，月冷珠簾薄。
愁恨夢難成，何處貪歡樂？看看又春來，還是長蕭索。

【注　釋】

❶羅幕：帳幕。

【簡　析】

詞中抒寫一個女子由於春日來臨，引起春思春愁，道出了她心中由於一份癡情，使自己倍受寂寞的痛苦。主要運用渲染氣氛的手法表現情感。

黃鐘樂

池塘煙暖草萋萋。惆悵閒宵含恨，愁坐思堪迷❶。遙想玉人情事遠，音容渾似隔桃溪❷。　偏記同歡秋月底，簾外論心花畔，和醉暗相攜。何事春來君不見，夢魂長在錦江❸西。

【注　釋】

❶迷：迷離。

❷桃溪：桃花源。

❸錦江：也叫府河，在四川成都。

【簡　析】

寫女子對男子的相思。上片由景入情，重點述女子的多情。下闋記相思苦悶。「偏」字尤妙，富暗示之味，說明「不思量，自難忘」。全詞通過今昔對比、回味，顯得情節豐富。

漁歌子

柳如眉，雲似髮，蛟綃（ㄒㄧㄠ）霧縠（ㄏㄨˊ）龍香雪❶。夢魂驚，鐘漏❷歇，窗外曉鶯殘月。　幾多情，無處說，落花飛絮清明節。少年郎，容易別，一去音書斷絕。

【注　釋】

❶「蛟綃」句：蛟綃，縐絲；霧縠，縐絲；龍香雪，肌膚如龍香般潔白、細嫩。

❷鐘漏：古人的計時器。

【簡　析】

上片寫女子美好的容顏和周圍淒涼的環境，運用二者的互襯，抒寫愁悶的心情。下片交待出愁苦的根由：愁是別愁，苦為相思，蘊含了對這位愁緒萬端的女子深刻之同情。

鹿虔扆　六首

臨江仙

金鎖❶重門荒苑靜，綺窗愁對秋空。翠華❷一去寂無蹤，玉樓歌吹，聲斷已隨風。　煙月不知人事改，夜闌❸還照深宮。藕花相向野塘中，暗傷亡國，清露泣香紅。

【注　釋】

❶金瑣：指華貴之家。

❷翠華：此處指蜀帝的儀仗。

❸夜闌：夜深。

【簡　析】

主旨是感傷亡國。首起二句以如今的荒涼對比過去的繁華，感嘆人事已改。下片用「物是」襯托「人非」，妙在擬人手法，以煙月的無情訴人的痛苦思緒，深刻地抒發了亡國後的切膚之痛。

其　二

無賴❶曉鶯驚夢斷，起來殘醉初醒。映窗絲柳嫋煙青。翠簾慵卷，約砌❷杏花零。
一自玉郎遊冶去，蓮凋月慘儀形❸。暮天微雨灑閒庭。手挼❹裙帶，無語倚雲屏。

【注　釋】

❶無賴：無聊。

❷砌：階。

❸「蓮凋」句：像蓮凋月慘一樣的儀容。蓮，喻人面。月，喻女子的容貌。儀形，儀容。

❹挼：揉搓。

【簡析】

全詞以景起句，首先點出女主人公心情的煩悶；接下來幾句則以景寄情，通過懶捲珠簾、杏花凋落加以渲染。下片則表露了情愁的緣由。全詞採取曲意言情的方式。

女冠子

鳳樓琪樹❶，惆悵劉郎一去，正春深。洞裡❷愁空結，人間信莫尋。

竹疏齋殿迥，松密醮壇陰❸。倚雲低首望，可知心。

【注釋】

❶鳳樓琪樹：形容居所高雅不凡。

❷洞裡：指仙人居處。

❸醮壇：道家的祈神台。

【簡析】

寫道家生活。女道士深居道觀，生活清雅脫俗，然而心情頗不平靜。「竹疏」、「松密」二句，濃縮道院風光。

其二

步虛壇上，絳(ㄐㄧㄤˋ)節霓(ㄋㄧˊ)旌❷相向。引❸真仙，玉珮搖蟾(ㄔㄢˊ)影❹，金爐嫋(ㄋㄧㄠˇ)麝(ㄕㄜˋ)煙。露濃霜簡❹濕，風緊羽衣偏。欲留難得住，卻歸天。

【注釋】

❶絳節霓旌：彩色的招神幡。

❷引：引導。

❸蟾影：月光。

❹簡：招神的符。

【簡析】

表現道家設壇做法時那種神祕肅穆的氣氛。

思越人

翠屏欹，銀燭背，漏殘清夜迢（ㄊㄧㄠˊ）迢。雙帶繡窠盤錦薦❶，淚侵花暗香消。

珊瑚枕膩鴉鬟亂，玉纖❷慵（ㄩㄥ）整雲散。苦是適來新夢見，離腸怎不千斷。

【注　釋】

❶「雙帶」句：雙帶，兩條裙帶。繡窠，帶的花團。盤，曲折迴環。錦薦，錦席。帶子不繫，曲折地盤在錦席上。

❷玉纖：頭飾。

【簡　析】

憶所思女子。上片主要描繪深夜裡女子寂寞黯然的心情，用屏、燭、漏等物象展示一種怨的氛圍。下片極寫懶於整妝，並以相思難見相呼應。「雙帶」、「淚侵」二句極淒麗。

虞美人

卷荷香淡浮煙渚❶，綠嫩擎❷新雨。瑣窗疏透曉風清，象床珍簟❸冷光輕，水紋平。九疑黛色屏斜掩，枕上眉心斂。不堪相望病將成，鈿昏❹檀粉淚縱橫，不勝情。

【注釋】

❶「卷荷」句：卷荷，沒開的荷花。煙渚，罩著煙霧的水邊，

❷擎：支撐。謂荷葉承接雨滴。

❸象床珍簟：指屋內陳設華麗。

❹鈿昏：釵、鈿等飾物無光澤。

【簡析】

上片寫秋色，透露出閨室的寂寞冷清。下片抒女子的癡情傷感。全詞將室外景與室內人融為一體，揭示了女主人公以淚洗面的極度相思。

閻選八首

虞美人

粉融紅膩蓮房綻❶，臉動雙波慢❷。小魚銜玉❸鬢釵橫，石榴裙染象紗輕，轉娉婷。　偷期錦浪❹荷深處，一夢雲兼雨。臂留檀印齒痕香，深秋不寐漏初長，盡思量。

【注　釋】

❶「粉融紅膩」句：妝扮美。蓮房，指人面。

❷慢：借為曼，美麗之意，

❸小魚銜玉：釵的樣式。

❹錦浪：指被子。

【簡　析】

男子追憶舊歡。上片詳述他心愛之歌妓的體態容貌；下片記他銘心刻骨的相思。

其二

楚腰蠐領團香玉❶，鬢疊深深綠。月蛾星眼❷笑微顰，柳妖桃豔不勝春，晚妝勻。

水紋簟映青紗帳，霧罩秋波上。一枝嬌臥醉芙蓉，良宵不得與君同，恨忡忡。

【注釋】

❶「楚腰」句：楚腰，形容腰細。蠐領，形容潔白的脖子。團香玉，敷香脂。

❷星眼：明亮的眼睛。

【簡析】

此詞從內容到形式，都與上首類似。不過，遺憾的心緒更強烈些。

臨江仙

雨停荷芰逗❶濃香，岸邊蟬噪垂楊。物華空有舊池塘，不逢仙子，何處夢襄王❷？　珍簟對欹鴛枕冷，此來塵暗淒涼。欲憑危檻恨偏長，藕花珠綴，猶似汗凝妝。

【注　釋】

❶芰：指菱。逗：留住。

❷襄王：指宋玉《高唐賦》中夢見巫山神女的楚襄王。

【簡　析】

全詞用景物的描寫展現心情，筆調含蓄蘊藉，渲染了一位男子的情思，纏綿悱惻。

其　二

十二高峰❶天外寒，竹梢輕拂仙壇❷。寶衣行雨❸在雲端，畫簾深殿，香霧冷風殘。　欲問楚王❹何處去，翠屏猶掩金鸞。猿啼明月照空灘。孤舟行客，驚夢亦艱難。

【注　釋】

❶十二高峰：指巫山十二峰。

❷仙壇：傳說中巫山神女的住所。

❸寶衣行雨：指巫山神女。

❹楚王：楚襄王。

【簡　析】

這首羈旅詞層層展現出漂泊之人孤單、寂寞的心情。上片以神女襯所處環境的淒寂空寒；下片點出了悲傷的心情。詞中運用神話典故，構成一幅情景交融、物我偕合的畫面。

浣溪沙

寂寞流蘇冷繡茵❶，倚屏山枕❷惹香塵，小庭花露泣濃春。

劉阮信非仙洞客，嫦娥終是月中人，此生無路訪東鄰❸。

【注　釋】

❶繡茵：繡帳。

❷山枕：枕頭。

❸東鄰，指所思之女子。

【簡　析】

上片主景，抒寫女子的寂寞；下片前二句對偶，寫男子空自相思，塵緣難結，終於陷入絕望。詞情淒絕。

八拍蠻

雲鎖嫩黃煙柳細，風吹紅蒂❶雪梅殘。光景不勝閨閣恨，行行坐坐黛眉攢（ㄘㄨㄢˊ）❷。

【注　釋】

❶蒂：梅花枝莖交結的地方。

❷攢：聚在一起。

【簡　析】

全詞點染春情春思，詞句洗練，極為概括。

其　二

愁鎖黛眉煙易慘，淚飄紅臉粉難勻。憔悴不知緣底事❶，遇人推道❷不宜春❸。

【注　釋】

❶緣底事：為何事。

❷推道：推說。

❸宜：適合。

【簡　析】

詞中由憔悴的容顏入手，展現了女主人公內心的哀怨，描摹得相當細膩生動。

河傳

秋雨，秋雨，無晝無夜，滴滴霏霏。暗燈涼簟怨分離，妖姬❶，不勝悲。西風稍急喧窗竹，停又續，膩臉懸雙玉❷。幾回邀約雁來時，違期，雁歸人不歸。

【注釋】

❶妖姬：艷麗的女子。

❷雙玉：眼淚。

【簡析】

抒別情離恨，哀婉纏綿，有「分明怨恨曲中論」之感。此詞首起十字重疊，甚奇。

尹鶚六首

臨江仙

一番荷芰生池沼，檻前風送馨香。昔年於此伴蕭娘，相偎佇立，牽惹敘衷腸。時逞笑容無限態，還如菡萏❶爭芳。別來虛遣思悠颺，慵窺往事，金鎖小蘭房。

【注　釋】

❶菡萏：荷花。

【簡　析】

敘述男子對心愛女子的懷念。上片敘舊：往日兩人纏綿相伴，傾訴衷腸。下片進一步凝想花容，抒發如今的銘心思戀。

其　二

深秋寒夜銀河靜，月明深院中庭。西窗幽夢等閒成，逡巡❶

覺後，特地恨難平。　紅燭半銷殘燄短，依稀暗背銀屏。枕前何事最傷情？梧桐葉上，點滴露珠零。

【注　釋】

❶ 逡巡：猶豫。

【簡　析】

由秋夜寫到秋夢，由秋夢抒展到秋愁，無限傷痛的情感貫注全篇。

滿宮花

月沉沉，人悄悄，一炷（ㄓㄨˋ）後庭香嫋（ㄋㄧㄠˇ）。風流帝子不歸來，滿地禁花慵掃。　離恨多，相見少，何處醉迷三島。漏清宮樹子規啼，愁鎖碧窗春曉。

【注釋】

❶慵掃：懶掃。

【簡析】

傷蜀之亡。上片由景逗引出情，孤月落花，為下片作鋪墊。下片承上片景物的描寫，復又歸到景，寫景抒情，起伏跌宕。

杏園芳

嚴妝嫩臉花明，教人見了關情❶。含羞舉步越羅輕，稱娉婷。

終朝咫(ㄓˇ)尺❷窺香閣，迢遙似隔層城。何時休遣夢相縈，入雲屏？

【注釋】

❶關情：動情。

❷咫尺：比喻近。

【簡　析】

描繪某男子暗戀一個女子。上片描摹女子動人的體貌；下片寫男子暗暗喜歡她又不敢表白的苦惱，深刻地點出單相思的複雜心態。

醉公子

暮煙籠蘚砌，戟門❶猶未閉。盡日醉尋春，歸來月滿身。

離鞍偎繡袂❷，墜巾花亂綴。何處惱佳人，檀痕衣上新。

【注　釋】

❶戟門：顯貴之家。

❷繡袂：指佳人。

【簡　析】

全詞展現出一個富家子弟竟日追歡逐樂的生活。

菩薩蠻

隴雲暗合秋天白，俯窗獨坐窺煙陌。樓際角重吹，黃昏方醉歸。荒唐❶難共語，明日還應去。上馬出門時，金鞭莫與伊❷。

【注釋】

❶荒唐：指詞中男子醉得稀裡糊塗。

❷伊：指詞中的男子。

【簡析】

女子早早地就在窗前獨坐等待，可男子黃昏方才歸來，而且酩酊大醉。明日他又要出外浪蕩，女子真想留下他的馬鞭，不讓他騎馬出去。詞抒纏綿怨誹之情，結句出語嬌嗔，描寫獨到。

毛熙震十六首

浣溪沙

春暮黃鶯下砌前，水晶簾❶影露珠懸，綺霞低映晚晴天。

弱柳萬條垂翠帶，殘紅滿地碎香鈿，蕙風飄蕩散輕煙。

【注釋】

❶水晶簾：半透明的窗簾。

【簡析】

通篇寫暮春風景，黃鶯綺霞、簾影露珠、弱柳殘紅，寄寓一片淡淡的哀愁。

其二

花榭（ㄒㄧㄝˋ）香紅煙景迷，滿庭芳草綠萋萋，金鋪閒掩繡簾低。

紫燕一雙嬌語碎，翠屏十二晚峰❶齊，夢魂消散醉空閨。

【注　釋】

❶十二晚峰：此處指屏風上的畫。

【簡　析】

上片寫自然之景，下片以雙燕襯女子之孤單，吐露出女子的滿腹愁怨。

其　三

晚起紅房醉欲消，綠鬟雲散嫋金翹（ㄑㄧㄠˊ），雪香花語不勝（ㄕㄥ）嬌。

好是向人柔弱處，玉纖時急❶繡裙腰，春心牽惹轉無聊。

【注　釋】

❶急：扯緊。

【簡　析】

芳華情思，為伊憔悴，相思淒苦。通篇閨情怨語。

其四

一隻橫釵墜髻叢，靜眠珍簟起來慵，繡羅紅嫩抹酥胸。

羞斂細蛾魂暗斷，困迷無語思猶濃，小屏香靄❶碧山重。

【注釋】

❶香靄：香霧。

【簡析】

上片寫女子豔態；下片暗示昨夜的濃情。全詞筆調委婉。

其五

雲薄羅裙綬帶長，滿身新裛❶瑞龍香，翠鈿斜映艷梅妝。

佯不覷❷人空婉約，笑和嬌語太猖狂，忍教牽恨暗形相❸。

【注　釋】

❶裛：用香熏衣。

❷覷：看。

❸形相：仔細欣賞。

【簡　析】

敘述一個男子的相思。女子穿著雲薄羅裙，渾身新裝，遍體濃香。她假裝不屑一顧，嬌嗔動人，讓男子欲愛不能，欲捨不得，滿心惆悵。全詞語言直抒心境，詞情濃麗。

其　六

碧玉冠輕嫋燕釵，捧心無語步香階，緩移弓底繡羅鞋。

暗想歡娛何計好，豈堪期約有時乖❶，日高深院正忘懷。

【注　釋】

❶乖：違背。

【簡析】

上片抒寫女子愁態；下片盡述女主人公的傷感怨憤。筆墨練達。

其七

半醉凝情臥繡茵，睡容無力卸羅裙，玉籠鸚鵡厭聽聞。

慵整落釵金翡翠，象梳欹鬢月生雲，錦屏綃幌（ㄒㄧㄠ ㄏㄨㄤˇ）❶麝煙熏❷。

【注釋】

❶綃幌：帳幕。

❷麝煙：麝香。

【簡析】

全詞用語極濃麗，抒發了女子慵懶無緒的哀怨之情。

臨江仙

南齊天子寵嬋娟❶，六宮羅綺三千。潘妃嬌艷獨芳妍，椒(ㄐㄧㄠ)房蘭洞，雲雨降神仙。縱態迷歡心不足，風流可惜當年。纖腰婉約步金蓮，妖君❷傾國，猶自至今傳。

【注釋】

❶嬋娟：女子代稱。

❷妖君：指潘妃。

【簡析】

筆力中透盡古今滄桑變化之感。

其二

幽閨欲曙(ㄕㄨˋ)聞鶯囀(ㄓㄨㄢˋ)，紅窗月影微明。好風頻謝落花聲，隔帷(ㄨㄟˊ)殘燭，猶照錦屏箏。　繡被錦茵眠玉❶暖，炷香斜嫋輕煙。淡蛾羞斂不勝情，暗思閒夢，何處逐雲行？

【注釋】

❶玉：喻肌膚。此處代指女子。

【簡析】

上片展現自然環境，暗含幽怨之情；下片則是由朦朧的環境生出迷離相思，淒婉情深。

更漏子

秋色清，河影淡，深户燭寒光暗。綃幌碧，錦衾紅，博山❶香炷融。　更漏咽，蛩鳴切，滿院霜華如雪。新月上，薄雲收，映簾懸玉鉤❷。

【注　釋】

❶博山：香爐。

❷玉鉤：掛帳幕的鉤子。

【簡　析】

「秋色清」點明季節。秋夜慘淡，燭光透影，錦衾獨眠，一片脈脈相思之情。

其　二

煙月寒，秋夜靜，漏轉金壺❶初永。羅幕下，繡屏空，燈花結碎紅。　人悄悄，愁無了，思夢不成難曉。長憶得，與郎期，竊香私語時。

【注　釋】

❶金壺：計時器中用來盛水的壺。

【簡　析】

上片主景，以煙月、更漏烘托女主人公的孤單。下片追憶舊歡，表明恨情。運用對比，更見其相思難眠之苦。

女冠子

碧桃紅杏，遲日媚籠光影。彩霞深，香暖熏鶯語，風清引鶴音❶。
翠鬟(ㄏㄨㄢˊ)冠❷玉葉，霓(ㄋㄧˊ)袖捧瑤琴。應共吹簫侶，暗相尋。

【注　釋】

❶鶴音：鶴鳴之聲。

❷冠：帶。

【簡　析】

詠女子清雅的生活，以及對愛情的朦朧之願。

其二

修蛾慢❶臉，不語檀心一點。小山妝，蟬鬢（ㄅㄧㄣ）低含綠，羅衣淡拂黃。　悶來深院裡，閒步落花傍（ㄆㄤˊ）。纖手輕輕整，玉爐香。

【注釋】

❶慢：借為曼，意為美麗。

【簡析】

情不知所起，唯芳心自知。女子的閒愁，為千古共通的情感。

清平樂

春光欲暮，寂寞閒庭户。粉蝶雙雙穿檻（ㄎㄢˇ）舞，簾卷晚天疏雨。　含愁獨倚閨帷（ㄨㄟˊ），玉爐❶煙斷香微❷。正是銷魂時節，東風滿樹花飛。

【注　釋】

❶玉爐：香爐。

❷香微：指薰香快要燒完。

【簡　析】

上片描繪暮春景色；下片寫女子孤獨惆悵，傷春自憐。全詞巧妙地運用情與景相悖又相合的反差抒寫愁情，顯得更為深刻。

南歌子

遠山愁黛碧，橫波慢臉明。膩香紅玉茜(ㄑㄧㄢ)羅❶輕。深院晚堂人靜，理銀箏。

鬢動行雲影，裙遮點屐(ㄐㄧ)聲。嬌羞愛問曲中名。楊柳杏花時節，幾多情。

【注　釋】

❶茜羅：衣衫。

【簡　析】

男子對舊歡的追念。描寫女子的姿容情態，筆觸細膩。

其　二

惹恨還添恨，牽腸即斷腸。凝情不語一枝芳，獨映畫簾閒立，繡衣香。

暗想為雲女❶，應憐傅粉郎。晚來輕步出閨房，髻慢釵橫無力，縱猖狂。

【注　釋】

❶雲女：巫山神女。

【簡　析】

上片述女子的癡情；下片抒女子回憶與情人歡會的情景。纏綿之狀，難捨難忘。

卷十

五十首

毛熙震十三首

何滿子

寂寞芳菲暗度，歲華如箭堪驚。緬想❶舊歡多少事，轉添春思難平。曲檻絲垂金柳，小窗絃斷銀箏。　深院空聞燕語，滿園閒落花輕。一片相思休不得，忍教長日愁生。誰見夕陽孤夢，覺來無限傷情。

【注　釋】

❶緬想：沉思細想。

【簡　析】

寫相思別恨，借春景托寓春愁，達到情景交融、物我偕和的程度。

其二

無語殘妝淡薄，含羞嚲袂❶輕盈。幾度香閨眠過曉，綺窗疏日微明。雲母帳❷中偷惜，水晶枕上初驚。笑靨嫩疑花坼，愁眉翠斂山橫。相望只教添悵恨，整鬟時見纖瓊❸。獨倚朱扉閒立，誰知別有深情。

【注釋】

❶嚲袂：嚲，下垂貌。袂，衣袖。

❷雲母帳：雲母作的帳子。

❸纖瓊：手指。

【簡析】

描摹一個嬌媚多姿的女子閨中愁緒，層層鋪敘。

小重山

梁燕雙飛畫閣前，寂寥多少恨，懶孤眠。曉來閒處想君憐。紅羅帳，金鴨❶冷沉煙。　誰信損嬋娟。倚屏啼玉箸❷，濕香鈿。四肢無力上鞦韆。群花謝，愁對豔陽天。

【注　釋】

❶金鴨：香爐。

❷玉箸：眼淚的美稱。

【簡　析】

上片借梁燕成雙成對起興，反襯出女主人公的怨懟。下片直述其傷心落淚，玉損香消之態，實堪憐惜。

定西番

蒼翠濃陰滿院，鶯對語，蝶交飛，戲❶薔薇。　斜日倚闌風好，餘香出繡衣。未得玉郎消息，幾時歸。

【注釋】

❶戲：戲耍。

【簡析】

上片寫絢麗多姿的風景，反襯女子的孤獨。下片訴情思，直抒對遠人的懷念。語言通俗流利。

木蘭花

掩朱扉❶，鉤翠箔❷，滿院鶯聲春寂寞。勻粉淚，恨檀郎，一去不歸花又落。　對斜暉，臨小閣，前事豈堪重想著。金帶❸冷，畫屏幽，寶帳慵(ㄩㄥ)熏蘭麝(ㄕㄜ)薄。

【注　釋】

❶扉：門。

❷箔：簾幕。

❸金帶：有金屬飾物的腰帶。

【簡　析】

由春去所引起的春思起句，點出傷春是因對「檀郎」的懷念，表現出癡心女子的刻骨相思。

後庭花

鶯啼燕語芳菲節，瑞庭花發。昔時歡宴歌聲揭(ㄍㄨㄟ)，管絃清越。

自從陵谷❶追遊歇，畫梁塵黦(ㄧㄝˋ)❷。傷心一片如珪月，閒鎖宮闕。

【注　釋】

❶陵谷：喻世事變遷。

❷黦：黃黑色。

【簡析】

抒發懷古之幽思，寄寓世事滄桑之感慨。王國維評此詞：「不獨意勝，即以調論，亦有雋上清越之致。」

其二

輕盈舞妓含芳豔，競妝新臉。步搖❶珠翠修蛾斂，膩鬟雲染。

歌聲慢發開檀點❷，繡衫斜掩。時將纖手勻紅臉，笑拈金靨（ㄧㄝˋ）❸。

【注釋】

❶步搖：頭飾的一種。

❷檀點：指女子的紅唇。

❸靨：一種飾物。

【簡析】

上片極為細致地描述了女子的外貌；下片力狀其妖嬈的神情。

其三

越羅小袖新香茜(ㄑㄧㄢˋ)❶，薄籠金釧(ㄔㄨㄢˋ)。倚欄無語搖輕扇，半遮勻面。

春殘日暖鶯嬌懶，滿庭花片。怎不教人長相見，畫堂深院。

【注釋】

❶茜：紅色。

【簡析】

先鋪敘衣衫裝飾，是女主人公出場的畫面；接著寫其姿態。下片以景起句，寓情於景，像「鶯懶」、「花片」，都是充滿離恨的畫面，暗示對遠離之情人的懷思。

酒泉子

閒臥繡帷（ㄨㄟˊ），慵（ㄩㄥ）想萬般情寵❶。錦檀偏，翹（ㄑㄧㄠˊ）股重，翠雲欹❷。

暮天屏上春山碧，映香煙霧隔。蕙蘭心，魂夢役，斂蛾眉。

【注釋】

❶寵：恩寵。

❷「錦檀」三句：錦檀，指枕。翹股，髮釵幾股合擰而成。翠雲，頭髮。

【簡析】

一個女子獨處深閨，懷念往日曾經深愛之人。通篇不說「相思」二字，卻曲折盡致地表達了相思的苦悶，含蓄婉轉。

其二

鈿（ㄉㄧㄢˋ）匣❶舞鸞❷，隱映豔紅修碧。月梳❸斜，雲鬢膩，粉香寒。

曉花微斂輕呵展，嫋釵金燕軟。日初升，簾半卷，對妝殘。

【注　釋】

❶鈿匣：指鏡匣，梳妝用。

❷舞：鏡中孤影。

❸月梳：頭飾。

【簡　析】

《柳塘詞話》曾云此詞中「曉花」以下兩句「不止以濃香見長也。」上片寫人的外貌；下片曲意不盡，承上片，將思婦描繪得更細緻、更生動。

菩薩蠻

梨花滿院飄香雪，高樓夜靜風箏咽❶。斜月照簾帷，憶君和夢稀。

小窗燈影背，燕語驚愁態。屏掩斷香飛，行雲❷山外歸。

【注　釋】

❶風箏：指悠揚的箏聲。

❷行雲：喻離雲。

【簡　析】

上片以對外部環境的描寫為起句，合院、樓、斜月、夢境等構成淡遠而略帶愁思的意境。下片將描寫的角度轉到屋內，結構上比較注意空間意識，抒發思人的情愁。

其　二

繡簾高軸❶臨塘看，雨翻荷芰真珠散。殘暑晚初涼，輕風渡水香。　無聊悲往事，怎奈牽情思。光景暗相催，等閒秋又來。

【注　釋】

❶高軸：高捲。

【簡析】上片寫景，下片抒情，點出主人公由於季節變換，在夏末秋初引發的無限情思。

其三

天含殘碧融春色，五陵❶薄倖無消息。盡日掩朱門，離愁暗斷魂。

鶯啼芳樹暖，燕拂迴塘滿。寂寞對屏山，相思醉夢間。

【注釋】

❶五陵：富貴人家居住的地方，指紈袴子弟。

【簡析】女子埋怨蕩子薄情，遊冶他方，如今音訊渺茫。她關門鎖窗，忍著內心的痛苦，仍擺脫不掉那銘心的思念，只好在夢中尋求解脫。詞人以清幽之筆寫深摯之相思，讀來極為動人。

李珣（ㄒㄩㄣˊ）三十七首

浣溪沙

入夏偏宜淡薄粧❶，越羅衣褪鬱金黃，翠鈿檀注❷助容光。

相見無言還有恨，幾回拚卻又思量，月窗香徑夢悠颺。

【注　釋】

❶淡薄妝：即淡妝。

❷檀注：口紅。

【簡　析】

主要描摹歌妓的情態。上片寫容貌，下片寫情思。運用虛實變化的表現手法，使人物的相思心態更顯真實。

其二

晚出閑庭看海棠，風流學得內家❶妝，小釵橫戴一枝芳。

鏤（ㄌㄡˋ）玉梳斜雲鬢膩，縷金衣透雪肌香，暗思何事立殘陽。

【注釋】

❶內家：指皇宮。

【簡析】

本詞展露了一個濃妝歌妓的神情姿態，遣詞平白如話。

其三

訪舊傷離欲斷魂，無因重見玉樓人。六街❶微雨鏤香塵。

早為不逢巫峽夢，那堪虛度錦江❷春？遇花傾酒莫辭頻。

【注　釋】

❶六街：繁華的鬧市。

❷錦江：五代前、後蜀時的成都，又稱「府河」。

【簡　析】

寫男子難見舊時情人的傷懷。上片述他重訪故地，卻已人去樓空，佳人芳蹤難覓。下片道出他情思難斷的悔恨和不如放蕩情懷的苦悶心情。

其四

紅藕花香到檻頻，可堪閒憶似花人。舊歡如夢絕音塵。

翠疊畫屏山隱隱，冷鋪紋簟（ㄉㄧㄢˋ）水潾（ㄌㄧㄣˊ）潾。斷魂何處一蟬新❶。

【注　釋】

❶一蟬新：意為一隻秋蟬冷不防叫起來。

【簡　析】

描寫別恨。上片點明傷離意緒，言歡情難再，一如夢幻。下片以眼前景物「屏山」、「紋簟」等起句，道出曾是伊人熟悉的景物依舊，而他已天涯遙隔，怎不叫人相思腸斷？此詞用語簡潔，情景自然，不失為一首佳作。

漁歌子

楚山青，湘水綠，春風澹蕩看不足。草芊芊，花簇簇，漁艇棹(ㄓㄠˋ)歌相續。信❶浮沉，無管束，釣回乘月歸灣曲。酒盈樽(ㄗㄨㄣ)，雲滿屋，不見人間榮辱。

【注　釋】

❶信：任由。

【簡　析】

「古今多少事，漁唱起三更。」此詞表現的是漁人超脫塵世的閒情逸致。和其它詞的內容相比，此首脫開了「艷科」之路，一詠三唱，道盡自然之意趣，別開天地。

其二

荻花❶秋，瀟湘夜，橘洲佳景如屏畫。碧煙中，明月下，小艇垂綸❷初罷。　水為鄉，篷作舍，魚羹稻飯常餐也。酒盈杯，書滿架，名利不將心掛。

【注釋】

❶荻花：蘆花。

❷綸：釣魚桿的線。

【簡析】

上片寫景；下片借寫漁翁之生活，抒淡泊致遠之情。情景兩到。

其三

柳垂絲，花滿樹，鶯啼楚岸春山暮。棹（ㄓㄠˋ）輕舟，出深浦（ㄆㄨˇ），緩唱漁歌歸去。

罷垂綸，還酌醑（ㄒㄩˇ）❶，孤村遙指雲遮處。下長汀，臨淺渡，驚起一行沙鷺。

【注釋】

❶酌醑：飲美酒。

【簡析】

這首詞用傳統的白描手法，刻畫出江南水鄉特有的景色，寄託了詞人淡泊名利的志趣。

其四

九疑山，三湘水，蘆花時節秋風起。水雲間，山月裡，棹月穿雲遊戲。鼓清琴，傾綠蟻❶，扁舟自得逍遙志。任東西，無定止，不議人間醒醉。

【注釋】

❶綠蟻：蟻，本指酒渣，此處指酒。

【簡析】

描繪南方的風光，風格很受民歌影響，寫得明快淡雅，富於地方特色。

巫山一段雲

有客經巫峽，停橈(ㄋㄠˊ)向水湄(ㄇㄟˊ)。楚王會此夢瑤姬，一夢杳(ㄇㄧㄠˇ)無期。

塵暗珠簾卷，香消翠幄垂。西風回首不勝(ㄕㄥ)悲，暮雨灑空祠❶。

【注釋】

❶空祠：指巫山神女祠。

【簡析】

歌詠本調。詞人以神話傳說為託，從現實寫到神話，從閨樓寫到空祠，以神女相思之悲作結。末句迷濛寂寥，點出懷古之幽思。

其二

古廟依青嶂（ㄓㄤˋ）❶，行宮枕碧流。水聲山色鎖妝樓，往事思悠悠。

雲雨朝還暮，煙花春復秋。啼猿何必近孤舟，行客自多愁。

【注釋】

❶嶂：山峰。

【簡析】

「古廟」、「行宮」仍指楚王夢巫山神女之事。全詞寫景詠物明白自然，幾無雕鑿痕跡。

臨江仙

簾卷池心小閣虛，暫涼閒步徐徐。芰荷經雨半凋疏❶，拂隄垂柳，蟬噪夕陽餘。

不語低鬟幽思遠，玉釵斜墜雙魚❷。幾回偷看寄來書，離情別恨，相隔欲何如？

【注　釋】

❶凋疏：凋零。

❷雙魚：繪有雙魚的釵飾。

【簡　析】

上片寫雨後初晴，池漲綠水，涼風徐徐，蟬鳴黃昏。下片述女子無語獨思，因戀人得遠方來信而更加心懸意想，始終無法割斷對離人的縷縷情絲，反映出主人公真摯的情懷。

其　二

鶯報簾前暖日紅，玉爐殘麝猶濃。起來閨思尚疏慵❶。別愁春夢，誰解此情悰（ㄘㄨㄥ）？ 強整嬌姿臨寶鏡，小池❷一朵芙蓉。舊歡無處再尋蹤，更堪回顧，屏畫九疑峰❸。

【注釋】

❶疏慵：迷糊、不甚清晰。

❷池：鏡。

❸九疑峰：九疑山。

【簡析】

上片起句從鶯啼觸發心思寫起，引出女主人公早晨起來的迷糊情態、鬱悶緣由。下片突顯她對情人的癡心，由臨鏡自窺而自愛自憐。由於無法追尋情郎的蹤跡，她只能對著屏畫上的山峰凝思默想。詞人刻畫出女子盼望、失望的一連串內心活動，可說細緻入神。

南鄉子

煙漠漠，雨淒淒，岸花零落鷓鴣啼❶。遠客扁舟❷臨野渡。思鄉處，潮退水平春色暮。

【注　釋】

❶鷓鴣：一種鳥，其啼聲似說：「行不得也哥哥！」

❷扁舟：小舟。

【簡　析】

全詞寫煙濛雨迷、花落鳥啼、扁舟野渡，令人想起南國的美麗景致，禁不住悠然神往。

其　二

蘭棹ㄓㄠˋ❶舉，水紋開，競攜藤籠❷采蓮來。迴塘深處遙相見，邀同宴，綠酒一卮ㄓ紅上面。

【注　釋】

❶蘭棹：船槳的美稱。

❷藤籠：採蓮的筐子。

【簡析】

這是明朗的夏季，採蓮人泛舟到蓮塘中間，在藕花深處碰到另一船採蓮人，高興地相邀一起喝酒，但覺水光山色入人心懷。此詞所描繪的畫面色調明朗，輕鬆活潑，有如畫家技法。

其三

歸路近，扣舷（ㄒㄧㄢˊ）歌，采真珠處水風多❶。曲岸小橋山月過，煙深鎖❷，豆蔻（ㄎㄡˋ）花垂千萬朵。

【注釋】

❶真珠：即珍珠。

❷鎖：指煙霧籠罩。

【簡析】

述採珍珠，描繪出南方水鄉的美麗風光。

其四

乘彩舫（ㄈㄤˇ）❶，過蓮塘，棹（ㄓㄠˋ）歌驚起睡鴛鴦。遊女帶香偎（ㄨㄟ）伴笑，爭窈（ㄧㄠˇ）窕（ㄊㄧㄠˇ），競❷折團荷遮晚照❸。

【注釋】

❶彩舫：畫舫，一種五彩繽紛的船。

❷競：爭相。

❸晚照：夕陽。

【簡析】

採蓮女笑折荷葉，遮擋夕陽，歡快活潑的樣子躍然紙上，成為多少人心中嚮往的江南。

其五

傾綠蟻，泛紅螺❶，閒邀女伴簇笙歌。避暑信❷船輕浪裡，閒遊戲，夾岸荔枝紅蘸(ㄓㄢˋ)水。

【注　釋】

❶紅螺：酒杯。

❷信：隨意。

【簡　析】

描繪在荔枝夾岸的水中泛舟遊樂的情景。和前兩首相比，讀來更覺新意盎然。

其　六

雲帶雨，浪迎風，釣翁回棹碧灣中。春酒香熟鱸魚美，誰同醉，纜卻扁❶舟篷底睡。

【注　釋】

❶扁，小。

【簡析】敘釣翁拿著魚竿，撥船回到一港灣處，一醉方休。這種超脫凡塵的隱士生活，寄寓了詞人之逸趣玄思。

其七

沙月靜，水煙輕，芰（ㄐㄧˋ）荷香裡夜船行。綠鬟（ㄏㄨㄢˊ）紅臉誰家女，遙相顧，緩唱棹（ㄓㄠˋ）歌極浦❶去。

【注釋】

❶極浦：遠浦。

【簡析】全詞頗有錢起「曲終人不見，江上數峰青」的意境。

其八

漁市散，渡船稀，越南❶雲樹望中微。行客待潮天欲暮，送春浦，愁聽猩猩啼瘴(ㄓㄤˋ)雨。

【注釋】

❶越南：浙江、福建、兩廣地帶，古稱百越。

【簡析】

羈旅漂泊以及由此產生的情感，是詩詞的重要題材和主調。這首詞以漁市散後，眾人都匆匆回家為發端，寫出了主人公獨留異鄉的憂鬱情懷。

其九

攏雲髻，背❶犀梳，焦紅❷衫映綠羅裾(ㄐㄩ)。越王臺下春風暖，花盈岸，遊賞每邀鄰女伴。

【注　釋】

❶背：從後面插上。

❷焦紅，火紅色。

【簡　析】

寫出南國女子特有的裝束，敘其在春風和煦時歡樂伴遊的情景。

其十

相見處，晚晴天，刺桐花下越臺前。暗裡回眸深屬意，遺雙翠❶，騎象背人❷先過水。

【注　釋】

❶雙翠：手飾。

❷騎象背人：即前面屬意的人。

【簡析】

此詞展現少女向男方表明心跡的一幕，勾勒出南方特有的愛情風俗畫，令人備感新奇。

女冠子

星高月午❶，丹桂青松深處。醮(ㄐㄧㄠˋ)壇❷開，金磬(ㄑㄧㄥˋ)敲清露，珠幢(ㄔㄨㄤˊ)❸立翠苔。

步虛聲縹緲(ㄆㄧㄠˇ ㄇㄧㄠˇ)，想像思徘徊。曉天歸去路，指蓬萊。

【注釋】

❶月午：月在中天。

❷醮壇：道壇。

❸珠幢：旌旗之類。

【簡析】

上片寫道家設壇時特有的場景；下片述由此場景引起種種縹緲的思緒。全詞婉轉空靈。

其二

春山夜靜，愁聞洞天❶疏磬。玉堂虛，細霧垂珠珮，輕煙曳翠裾。

對花情脈脈，望月步徐徐。劉阮❷今何處，絕來書。

【注　釋】

❶洞天：仙人居處。

❷劉阮：代指情郎。

【簡　析】

寫女道士傷春懷人。上片主景：春天的靜夜，美麗多姿的女主人公宛如仙人。下片道出她懷念遠人的思緒：情郎音書渺茫，使她空自惆悵，黯然神傷。

酒泉子

寂寞青樓，風觸繡簾珠碎撼。月朦朧，花暗淡，鎖春愁。

尋思往事依稀夢，淚臉露桃紅色重。鬢欹蟬❶，釵墜鳳❷，思悠悠。

【注　釋】

❶蟬：即蟬鬢。

❷鳳：釵的式樣。

【簡　析】

形容閨婦哀怨，用詞顯濃腴之感，而無堆砌之弊。

其　二

雨漬❶花零，紅散香凋池兩岸。別情遙，春歌斷，掩銀屏。孤帆早晚離三楚，閒理鈿箏❷愁幾許。曲中情，絃上語，不堪聽。

【注　釋】

❶漬（ㄗˋ）：沾。

❷鈿（ㄉㄧㄢˋ）箏：裝飾過的箏。

【簡　析】

先寫離人別後，難期重會；次抒心情愁苦，只有借琴聲表達。全詞直抒情思，一氣呵成。

其　三

秋雨聯緜（ㄇㄧㄢˊ）❶，聲散敗荷叢裡；那堪深夜枕前聽，酒初醒。牽愁惹思更無停，燭暗香凝天欲曙（ㄕㄨˋ）；細和煙，冷和雨，透簾旌❷。

【注　釋】

❶聯緜：連綿。

❷簾旌：簾幕。

【簡 析】

全詞語淡而悲。上片起首二句，令人想起李商隱的「秋陰不散霜飛晚，留得枯荷聽雨聲」，由秋雨逗引出愁思。下片以孤寂冷清之景呼應上片的秋雨，構成完整的情感氛圍。

其 四

秋月嬋娟❶，皎潔碧紗窗外，照花穿竹冷沉沉，印池心。

凝露滴，砌蛩❷吟，驚覺謝娘❸殘夢。夜深斜傍枕前來，影徘徊。

【注 釋】

❶嬋娟：本指月。此處意喻姣好。

❷砌蛩：階下秋蟲。

❸謝娘：歌妓之代稱。

【簡　析】

寫秋夜離人相思。上片狀淒清之景；下片進一步寫景，抒發了女主人公夜深人靜時輾轉反側，無人相知相伴的感傷心情。

望遠行

春日遲遲思寂寥，行客關山路遙。瓊窗時聽語鶯嬌，柳絲牽恨一條條。　休暈繡❶，罷吹簫，貌❷逐殘花暗凋。同心❸猶結舊裙腰，忍辜風月度良宵。

【注　釋】

❶暈繡：刺繡法的一種。

❷貌：容顏。

❸同心：指同心結。用繩帶織成，作為愛情的象徵。

【簡析】

也是寫戀情，道出一個女子懷念遠在異鄉之情人的心思。

其二

露滴幽庭落葉時，愁聚蕭娘❶柳眉。玉郎一去負佳期，水雲迢遞雁書遲。

屏半掩，枕斜欹，蠟淚無言對垂。吟蛩斷續漏頻移，入窗明月鑒❷空帷。

【注釋】

❶蕭娘：此處代指女子。

❷鑑：照。

【簡析】

本詞通篇摹敘閨怨。首句寫露珠滴落，黃葉飄零，環境冷清。次顯女子愁怨之狀。三、四句述她對「玉郎」的牽掛。「屏半掩」兩句暗寫等待，以下的孤獨之感更是層層渲染，餘味無窮。

菩薩蠻

迴塘風起波紋細，刺桐花裡門斜閉。殘日照平蕪（ㄨˊ）❶，雙雙飛鸂鶒。征帆何處客，相見還相隔。不語欲魂銷，望中煙水遙。

【注釋】

❶平蕪：平地。

【簡析】

寫女子思念遠行人，傷離意緒，抒發得淒婉深厚。

其二

等閒將度三春景，簾垂碧砌參（ㄘㄣ）差（ㄘ）影。曲檻日初斜，杜鵑啼落花。

恨君容易處❶，又話瀟湘❷去。凝思倚屏山，淚流紅臉斑。

【注釋】

❶容易處：滿不在乎之處。

❷又話瀟湘去：又說到湘水一帶去。

【簡析】

上片先寫眼前之境，簾垂日斜，杜鵑落花，無一不是蕭索之景。下片以「恨君」展開，寫女子相思落寞之愁緒。

其三

隔簾微雨雙飛燕，砌花零落紅深淺。撚ㄋㄧㄢˇ❶得寶箏調，心隨征棹遙。

楚天雲外路，動便經年去。香斷畫屏深，舊歡何處尋。

【注　釋】

❶撚：撥弄。

【簡　析】

上片以寫景為主；下片抒思婦之怨憤。

西溪子

金縷翠鈿浮動❶，妝罷小窗圓夢❷。日高時，春已老，人來到，滿地落花慵掃。無語倚屏風，泣殘紅。

【注　釋】

❶浮動：顫動。

❷圓夢：猜夢的凶吉。

【簡　析】

寫一個女子回憶昨宵夢中情人遲遲方歸，時值暮春，滿地落花，不禁傷心落淚。全詞表達了她失望後痛苦的心情。

虞美人

金籠鶯報天將曙，驚起分飛處。夜來潛與玉郎期，多情不覺酒醒遲，失❶歸期。　映花避月遙相送，膩鬟偏垂鳳。卻回嬌步入香閨，倚屏無語撚❷雲篦，翠眉低。

【注　釋】

❶失：誤。

❷撚：撫弄。

【簡　析】

女子與玉郎幽會，醒時已經天明，她依依不捨地相送。

河　傳

去去，何處？迢迢❶巴楚，山水相連。朝雲暮雨，依舊十二峰前，猿聲到客船。　愁腸豈異丁香結❷。因離別，故國音書絕。想佳人花下，對明月春風，恨應同。

【注　釋】

❶迢迢：遙遠的樣子。

❷丁香結：丁香的花蕾。喻愁思難解。

【簡　析】

寫離情閨怨，用語輕淡。上片從巴山寫到楚水，以猿啼襯客愁；下片從音書斷絕，遙想佳人，抒兩地相思之情。

其　二

春暮，微雨。送君南浦，愁斂雙蛾。落花深處，啼鳥似逐離歌，粉檀珠淚和。　臨流更把同心結，情哽咽，後會何時節？

不堪回首，相望已隔汀洲，艣（ㄌㄨˇ）❶聲幽❷。

【注　釋】

❶艣：槳楫。

❷幽：幽咽。

【簡　析】

描繪女子送別情人。上片著力刻畫別時傷感淒切的情景，暮色、微雨、落花、啼鳥，用來渲染氣氛，暗示心情。下片寫離別時期盼重會，融情入景，又達到情景交融的境界，令人掩卷遐想……

國家圖書館出版品預行編目資料

花間集 / 趙崇祚 / 編著； -- 修訂一版 . --
新北市：新潮社，2017.12
面； 公分 . --

ISBN 978-986-316-688-7（平裝）

833.4　　106018163

花間集

趙崇祚／編著　　2017年12月／修訂一版

〈代理商〉
聯合發行股份有限公司
新北市新店區寶橋路235巷6弄6號2樓
電話 (02) 2917-8022＊傳真 (02) 2915-6275

〈企劃〉
小倉書房

〔出版者〕新潮社文化事業有限公司
電話 (02) 8666-5711＊傳真 (02) 8666-5833
〔E-mail〕editor@xcsbook.com.tw
〔印前〕東豪印刷事業有限公司